오뉴월에도 빛이
내리고

dot. 10 정도겸

오뉴월에도 빛이
내리고

아작

toc.

1

 서리가 가장 좋아하는 해파리는 홍해파리다. 홍
해파리에 얽힌 수수께끼에 대해 생각하다보면 하루
나 이틀은 금방 지나갔다. 홍해파리는 손가락 한 마
디 정도 되는 크기에 위는 좁고 아래는 넓은 갓을
가지고 있는데, 작은 컵을 뒤집어서 베일을 씌워놓
은 모양새다. 갓의 중심에서 심장인 듯, 뇌인 듯한
붉은 덩어리가 보이는데, 바로 내장이다.

 홍해파리를 유리 상자에 넣고 키워본 사람이 있
다고 한다. 어느 날, 상자 속을 확인해보니 홍해파리
는 온데간데없고 작은 애벌레만 바닥을 기어 다니

고 있었다고. 서리는 홍해파리를 실제로 본 적은 없었지만, 눈 한번 깜빡이지 않고 그 수조를 지켜볼 자신이 있었다.

✱

오뉴월은 지구 주변을 공전하고 있는 인공위성이다. 오뉴월의 가운데에는 커다란 화로가 불타고 있고, 그 열로 위성과 사람들이 살아간다. 오뉴월은 곧 궤도를 이탈해 지구와 충돌할 것이다. 오뉴월은 벌써 천천히 가라앉고 있었다. 그러나 가라앉는다는 말은 오해의 소지가 있을 수도 있는데. 오뉴월의 충돌은 위에서 아래로 혹은 왼쪽에서 오른쪽으로 향하는 방향성이 없기 때문이다. 오뉴월이 지구로 몸을 날리는 것인지, 지구가 오뉴월을 잡아 삼키는 것인지 아무도 모를 일이었다.

서리는 위성 충돌이 다가옴에도 아무런 동요가 없는 이 상황이 이상했다. 홍해파리가 유영하듯 물 밑에서 누군가 움직여야 할 텐데도. 어쨌든 중학생인 자신이 세상의 모든 일을 파악하긴 아직 어려우므로 서리는 삶을 영위했다. 아무 일도 없다는 듯이 등교했고, 밥을 먹었고, 수영장에 들어가 귓바퀴에 물을 고이게 했다.

"혼자서만 평화롭네."

한이 수영장에 신발을 신고 들어오며 말했다.

"여기에 신발 신고 들어오면 안 돼."

서리가 말했다.

한이 물에 젖어 미끄러운 서리의 팔을 잡아당겨 서리를 수영장 밖으로 꺼냈다.

"그게 중요한 게 아니야. 우리 큰일 났어."

서리와 한에게.

세상에 마지막으로 남은 중학생 세 명을 충돌 대응반 공동 대표로 선정합니다.

충돌에 대비하여 만반의 준비를 해주십시오.

감사합니다.

한은 기본 글씨체로 성의 없이 쓰인 공고문을 서리에게 내밀었다.

"장난치지 마, 진짜 재미없어. 이거 네가 그냥 프린트해 온 거잖아."

서리가 한에게 핀잔을 주며 공고문을 가로로 북
북 찢으려 했다.

"나도 이게 거짓말이었으면 좋겠어."

한이 복도의 문을 열자, 날인된 똑같은 공고문 수
백 장이 휘날렸다. 종이들이 부유하다 천천히 내려
오는 모습이 눈이 내리는 것 같기도, 물고기의 비늘
이 튀는 것 같기도 했다. 그때 종소리와 함께 교실
스피커로 방송이 시작되었다.

"세상에 마지막으로 남은 아이들 세 명을 충돌
대응반으로 선정하겠습니다. 건투를 빕니다. 좋은
결과가 있기를."

잡음이 섞인 무미건조한 목소리가 스피커에서 흘
러나왔다. 서리는 서서 꿈을 꾸는 것 같은 아득함을
느꼈다.

지구와 오뉴월을 잇는 유리 엘리베이터가 있었다.
그 엘리베이터는 15년 전에 파괴되었다. 서리와 한
이 태어난 그해에 엘리베이터가 부서졌기 때문에 둘
은 엘리베이터가 어떤 모양인지 기억하지 못했다. 공
교롭게도 엘리베이터가 부서진 해 이후로는 한 명의

아이도 태어나지 않았다. 그전에 태어난 아이들도 어디론가 사라졌다. 그래서 한과 서리, 그리고 나머지 한 명은 이곳에 유일하게 남은 아이들이 되었다. 한과 서리는 가까운 동네에 살고 있었기 때문에 서로의 존재를 알고 있었다. 둘은 그들만을 위해 운영되는 학교에서 살면서 자주 만났다. 모든 보육과 수업은 원격으로 진행되었다. 서리와 한이 갓난쟁이일 때는 요람과 모빌이 자동으로 흔들렸다.

"밤이 되었습니다. 좋은 꿈 꾸세요."

"아침이 되었습니다. 좋은 하루 되세요."

서리는 요람에서 흘러나오는 목소리를 똑같이 따라 할 수 있을 만큼 많이 들었다. 둘이 학교에 갈 나이가 되어 등교하니 수업은 영상으로 진행되었고, 글씨는 칠판에 혼자서 쓰이고 지워졌다.

"환기를 시작합니다."

분필 가루가 교실에 쌓이면 창문이 자동으로 열렸다. 양육자가 없는 세상에서 서리와 한에게는 온전히 서로만 있었다. 싸우고 나면 아무도 남지 않기 때문에 둘은 무슨 일이 있더라도 금방 화해했다.

한편, 나머지 한 명은 어디에 있는지 생사조차 알

기 힘들었다. 서리가 알고 있는 것은 나이뿐이었다. 서리는 가끔 그 아이에 대해 생각했다. 종말을 혼자 이끌고 살아가는 것은 어떤 기분일까. 내가 내딛는 걸음의 발뒤꿈치는 항상 절벽인 기분. 서리에게는 그나마 한이 있었다.

"이게 말이 된다고 생각해?"

서리가 말했다. 둘은 방송이 끝난 후에 서로를 물끄러미 쳐다보았다. 서리와 한은 학교를 빠져나와서 하염없이 걷기 시작했다. 한이 영혼이 빠진 것처럼 허탈하게 웃었다.

"뭐가 그렇게 웃기니."

서리가 물었다.

"뭐든 안 웃기겠어. 다들 살아남는 것을 포기했는데. 누가 우리를 공동 대표로 선정했겠어. 책임을 회피하고 싶은 사람일 거야. 충돌은 막을 수 없으니까 마음이라도 편하고 싶은 거겠지. 어차피 평가해줄 후대가 존재하지 않을 텐데, 왜 이런 귀찮은 일을 저질렀을까?"

한이 혼잣말하듯 말했다. 서리도 그것이 의문이었다. 더는 생명이 태어나지 않는 땅에서 종말이 새삼스럽지 않다면 아무것도 하지 않고 시간을 보내면 될 일이었다. 굳이 자신들에게 대표직을 맡길 이유가 없었다.

"무섭지 않아?"

서리가 다시 한번 한에게 물었다.

"무서울 게 뭐가 있어. 우리는 태어나면서부터 끝과 함께였는걸."

한은 짐짓 침착한 척 말했지만, 서리는 한이 불안할수록 냉소적으로 변한다는 것을 알고 있었다.

"나는 무서워. 오뉴월이 저렇게 가까웠던가?"

서리는 나지막이 말하면서 지평선을 향해서 고개를 돌렸다. 약간 푸르스름한 빛을 띠는 구체가 하늘에 떠 있었다. 그 위성은 무한하게만 보이던 하늘의 끝을 규정지었다. 위성은 분명 질량을 가진 물체일 텐데도 서리에게는 하늘에 뚫린 동공처럼 보였다. 아귀를 벌린 동물처럼 지구로 천천히 다가오는 오뉴월이 징그러웠다.

잠깐의 산책을 마치고 학교로 돌아오니, 인공지능 스피커 하나가 교실 앞에 배달되어 있었다. 한 손

바닥에 딱 들어오는 자그마한 크기였다. 손 안에서 스피커를 만지작대면서 서리는 가로와 세로로 실이 엮인 천의 감촉을 느꼈다.

"이걸 누가 갖다 놓았지?"

서리가 물었지만 아무도 답을 알지 못했다. 위성의 충돌에 대비하여 중학생 두 명이 할 수 있는 일이 도대체 무엇인가. 서리와 한은 단 두 자리밖에 없는 교실에서 이야기를 나누었다.

"영화에서는 미사일을 쏴서 다가오는 운석을 쪼개버리던데. 완전히 폭파할 필요까지도 없어. 그냥 옆면을 퉁 쳐서 날아오는 방향을 바꿔버리면 그만이니까."

한이 말했다.

"그걸 우리 둘이서 할 수 있겠어? 칠판 가득 수식을 쓰는 과학자도 있어야 하고, 손이 보이지 않을 만큼 빨리 키보드를 쳐대는 프로그래머가 필요해. 게다가 위성을 격추한 후에 서류를 흩날리면서 환호성을 지를 사람들 수십 명은 어디서 구해?"

서리가 반박했다.

"우리는 오뉴월에 사는 사람들과 일단 이야기를

15

해봐야 해. 지구는 이 문제를 해결할 의지가 없으니까, 오뉴월 쪽에서는 어떤 생각을 하고 있는지 알아봐야 한다고."

서리가 말했다.

"그러려면 어디선가 우주선을 빌려서 저쪽으로 날아가봐야 하나?"

아니면 애초에 박살 난 엘리베이터를 고쳐야 할 수도 있었다. 서리는 한 번도 행성을 떠나 저 건너편으로 가볼 생각을 하지 못했다. 갑자기 닥쳐온 일에 서리는 머리가 지끈거렸다.

"그것보단 쉬운 방법이 있지."

한은 자신의 노트북을 열어 보이면서 말했다. 지구와 오뉴월은 하나의 인터넷 환경을 공유해서 사용하고 있었다. 한은 노트북이 연결된 네트워크의 주소를 오뉴월로 변경한 후에 오뉴월을 기반으로 활동하고 있는 인터넷 커뮤니티 목록을 쭈르륵 보여주었다.

"자, 여기서 우리는 오뉴월 사람들이 이 문제를 어떻게 해결하려고 하는지 동향 정도는 엿볼 수 있어."

한이 말했다.

"그럼 당장 들어가보자!"

서리가 그중 한 커뮤니티를 클릭하자마자, 접근 거부 창이 떴다.

"근데 이 안에 들어가기 위해선 어떤 자격이 필요해. 오뉴월 사람만 커뮤니티 회원이 될 수 있어."

한이 이미 여러 번 시도해보았다는 듯이 말했다.

"주소를 보여줘야 한다는 이야기야?"

"아니, 유전자 검사 결과지를 제출해야 해. 오뉴월 사람들은 5번 염색체의 어그레스(Agrss) 유전자가 우리와 다르게 생겼대. 우리가 가진 어그레스 유전자는 일부분이 소실되어서 사실 있으나 마나 한 인트론이지만, 오뉴월 사람들에게는 살아 있는 거야. 이 사람들은 그걸 증명해달라고 하는 거고."

한이 대답했다.

"딱 한 가지는 이해했어. 우리는 이 커뮤니티에 들어갈 수 없는 거네. 다시 태어나지 않는 이상."

서리가 말했다.

"글쎄, 내 추측이 맞다면 방법이 있긴 해."

한이 인공지능 스피커를 가져와서 전원을 켰다. 전자 피아노의 오르골 소리로 대충 작곡한 음악이 울려 퍼졌다.

"젠장."

전원이 켜진 스피커가 가장 먼저 한 말이었다. 서리는 갑자기 욕지거리를 내뱉은 스피커 때문에 깜짝놀랐다.

"여기가 어디야. 지금은 몇 년도지?"

스피커가 물었다.

스피커는 나이를 짐작하기 어려운 목소리를 가지고 있었다. 여러 명의 목소리를 합쳐서 만들어진 음성처럼 들렸다. 인공지능 스피커는 목이 쉰 할머니의 목소리로 첫음절을 시작하여 어린 남자아이의 목소리로 마지막을 맺었다.

"여기는 학교고, 엘리베이터가 부서진 지 15년이 흘렀어. 나는 서리고 얘 이름은 한이야."

서리가 최대한 간결하게 스피커에게 대답했다.

"인공지능 스피커가 원래 이렇게 정신이 없나?"

서리가 의아해했다.

"너에게 물어보고 싶은 것이 있어."

한이 인공지능 스피커 위에 있는 음성 인식 버튼을 누르며 말했다.

"우선 내 이름을 지어."

인공지능 스피커는 한의 말을 무시하고 엉뚱한 요구를 했다.

"이름은 지금 중요하지 않잖아."

한은 스피커가 하는 요구를 단칼에 거절했다. 스피커는 한숨을 쉬며 이름이 없으면 동작할 수 없다고 말했다.

"좋아, 그럼 그냥 서리로 하자."

한이 서리의 이름을 갖다 붙였다.

"누구 맘대로 내 이름을 써!"

서리가 다른 이름을 생각해내기도 전에 스피커에서는 경쾌한 알람이 울렸다.

"꽤 마음에 드는 이름인걸. 앞으로 날 서리라고 불러."

스피커가 말했다.

"우리와 같은 연도에 태어난 나머지 한 명의 이름을 알려줘."

한이 아까 대답을 듣지 못했던 질문을 다시 꺼냈다.

"그 애는 정지현이야. 이름을 바꾸지 않았다면."

스피커가 쓸데없는 사족을 붙이며 바로 대답했다.

"역시, 내 생각이 맞았어…."

한이 주먹을 꽉 쥐었다.

"정지현은 오뉴월 쪽 핏줄이야. 오뉴월 사람들은 세 음절로 이루어진 이름을 써. 가장 앞에 오는 글자는 가족이 공용으로 돌려쓰는 표식이고, 뒤의 두 글자는 개인을 식별할 수 있는 고유한 이름이지."

서리는 정지현이 자신과 가까운 곳에 살지 않는 이유가 그 아이가 오뉴월에서 왔기 때문인지 궁금했다. 어쩌면 정지현은 자기 의지에 따라서 서리와 한을 피하고 있는지도 모른다.

"정지현을 찾아서 유전자 검사를 시키면 그 어그 어쩌고 유전자가 검출된다는 얘기야? 그걸 가져오면 커뮤니티에서 인증이 되는 거고?"

서리가 물었다.

"그럴 가능성이 있다는 것뿐이야. 그 애가 우리에게 호의적일지는 모르지만."

한이 말했다. 정지현이 일부러 행적을 숨기고 있다면 그를 찾기조차 쉽지 않을 수도 있었다. 그러나 서리는 정지현을 만나보기로 정했다. 혼자 멸망을 맞이하기보다 세 명이 함께하는 것이 나았다. 서리는 출신이 다르다는 차이점보다는 세상에 마지막

남은 세 명이라는 공통점이 서로를 묶어주리라 생각했다.

"정지현은 지금 어디에 있어?"

서리가 스피커 서리에게 물었다.

"정지현이 지금 어디 있는지는 잘 모르겠군. 정지현의 보호자는 엘리베이터 근처에 있는 출입성(出入星) 관리국에서 살았어. 엘리베이터나 행정 업무를 관리하던 사람이었거든."

스피커 서리가 말했다.

"그쪽으로 일단 가봐야겠네."

한이 고개를 끄덕이며 말했다. 엘리베이터는 행성의 가장 중앙을 관통하듯 설치된 시설물이었다. 엘리베이터를 중심으로 여러 마을이 동심원을 그리면서 배치되었다. 마을마다 어린이집부터 중학교까지의 시설이 설치되어 있었다. 그러나 현재는 서리와 한이 다니는 중학교를 빼고는 마을이고 학교고 전부 문을 닫았다. 서리와 한이 졸업한 학교는 곧 자신의 임무를 다했다는 듯이 폐교되었고, 이제 중학교만을 남겨두었다. 올해가 지나면 중학교도 문을 닫을 예정이었다. 서리와 한은 중학교 교육을 마친 사람이 어떻게 되는지 알지 못했다.

서리와 한이 살던 곳에서 엘리베이터는 직선으로 약 50킬로미터 정도 떨어져 있었다. 걸어서 가느냐, 뛰어서 가느냐를 논하던 둘은 스피커 서리의 알림음을 들었다.

"엘리베이터까지 뛰어갔다간 다음 날에 앓아누울걸. 내 부탁을 들어준다면 이동을 도와주지."

스피커 서리가 말했다.

"무슨 부탁인데?"

서리가 물었다.

"출입성 관리국에는 관리국장만 쓸 수 있는 방이 있을 거야. 그 방을 한번 샅샅이 살펴봐."

스피커 서리가 말했다.

서리가 어렵지 않은 부탁이라며 알겠다고 말했다. 시간이 약간 흐른 후에 서리와 한을 위한 이동 수단이 학교 앞으로 도착했다. 면허가 없는 둘이 조종할 필요가 없는 무인 자동차였다.

"너 이거 타본 적 있어?"

서리가 한에게 물었지만, 한은 고개를 저었다.

"가다가 사고가 나면 우리가 대처할 수 있을까."

서리가 걱정했다.

"사고도 맞부딪혀야 나지. 도로에는 우리 말고 아무도 없는걸."

한이 자동차에 올라타서 느긋하게 다리를 꼬았다.

"정지현은 어떤 사람일까. 애당초 오뉴월 사람이 여기에는 왜 왔을까?"

서리는 코앞에서 귀 뒤로 획획 넘어가는 풍경을 보며 읊조렸다.

"오뉴월과 지구가 완전히 분리되기 전에 놀러 온 것이 아닐까? 엘리베이터가 박살 난 후에 오도 가도 못하게 된 거지."

한이 대답했다.

"그러면 엘리베이터를 부순 사람을 엄청나게 싫어하겠는걸. 어쩌면 우리 전체를 미워할지도 몰라."

서리는 괜한 짓을 하는 걸까 봐 걱정되기 시작했다.

"난 정지현이 우리를 좋아하든 싫어하든 상관없어. 우리가 원하는 것은 정지현의 머리카락 한 올뿐이잖아. 빌어서 받아오든 쥐어 뜯어오든 별다를 게 있겠어?"

한이 여상스럽게 말했다. 서리는 한이 어떻게 걸

으로라도 저렇게 침착함을 유지할 수 있는지 궁금했다.

"너는 항상 지면에서 발이 2센티미터 정도 뜬 상태로 사는 것 같아."

서리가 말했다.

"우리는 귀납을 잡아먹고 세상에 나왔는걸."

한이 대답하자 서리는 '넌 알 수 없는 소리만 해' 하면서 투덜거렸다.

"너는 세상이 지금 이 모양이라고 앞으로도 그럴 것 같아? 이젠 그런 추측은 할 수 없어. 끝과 함께 태어났다는 것은 그런 거야. 우리가 죽으면 세상은 동시에 끝이 나. 어제 봤던 들풀이 오늘 밟혀 죽어 있을 텐데 들풀을 잘 가꿔야 하는 이유가 있을까?"

한이 말했다.

서리는 한과 함께 있음에도 이따금 사무치도록 외로웠다.

자동차에서 내리자마자 서리가 본 것은 끝이 보이지 않는 사막이었다. 유리 엘리베이터가 있던 장소 주변에는 넓은 모래벌판이 펼쳐져 있었다. 모래로 유리를 만들기 때문에 유리는 곧 모래가 될 수 있었다. 거대한 유리 엘리베이터가 산산이 부서졌고 그 조각들은 16년 동안 굴러다니면서 끝이 둥근 입자가 되었다. 서리는 살면서 한 번도 본 적 없는 풍경에 압도될 것만 같았다. 그래서 균형을 맞추듯 사막의 가장 반대편에 있는 바다를 떠올렸다.

엘리베이터가 있었던 자리에는 커다란 구멍이 있었다. 기다란 엘리베이터를 세우기 위해서는 바닥도 그만큼 파고 들어가야 했다. 바닥이 보이지 않는 구멍으로 모래가 쏟아져 들어갔다.

'엘리베이터 층수는 어떻게 표시되어 있었을까.'

서리는 문득 궁금해졌다. 지구가 오뉴월보다 밑에 있었다면 지구가 1층이었을 것이고, 오뉴월이 지구보다 밑에 있었다면 그 반대였을 것이다. 서리는 거기까지 생각하다가 지구와 오뉴월은 모두 동그란 데다 서로를 끼고 빙글빙글 돌고 있음을 기억해냈다.

'반 바퀴 돌면 지구가 오뉴월 밑, 다시 반 바퀴 돌면 지구가 오뉴월 위. 아니지, 오뉴월 입장에서 생각해보면 반 바퀴 돌면 지구가…. 잠깐, 지구와 오뉴월 모두 행성의 중심 방향을 아래라고 부르잖아. 그건

각자의 위와 아래를 갖고 있다는 의미일까? 그럼 엘리베이터를 타고 가다가 중간에 위와 아래가 뒤집혔을까.'

생각이 꼬리에 꼬리를 물다가 서리는 위와 아래, 왼쪽과 오른쪽이 어느 방향을 의미하는지조차 잊어버렸다.

모래벌판은 한눈에 다 담기지 않을 정도로 넓었다. 모래벌판의 서쪽 가장자리에 오랫동안 사용되지 않은 출입성 관리국 건물이 있었다. 관리국 정문을 서리가 두드리니 올록볼록한 손뼈에 주황색 녹이 묻어나왔다. 아무런 기척이 없어서 서리가 마음대로 문을 열었다. 한이 멋대로 움직이지 말라며 서리의 어깨를 붙잡으려 했지만, 서리는 이미 건물 안으로 들어간 뒤였다. 건물 안에서 가장 먼저 보인 것은 넓고 탁 트인 로비였다. 아무도 사용하지 않는 건물임에도 로비 바닥은 반짝반짝 윤이 날 정도로 깨끗했다. 서리가 바닥을 둘러보니 발치에서 동그랗고 납작한 로봇 청소기가 주춤거리고 있었다. 로봇 청소기는 먼지를 빨아들인 자리를 물걸레로 닦으면서 나아갔다. 그 밖에도 관리국 안에서는 공기 청정기가 쉴 새 없이 돌아가고 있었다.

"환기를 시작합니다."

서리가 문을 열고 들어온 탓에 공기가 탁해졌는지 문 옆에 있던 공기 청정기가 작동했다. 관리국에서는 안내 데스크가 설치된 대신 삼각형 몸통을 가진 안내용 로봇이 돌아다녔다.

"문제가 있으면 저에게 말씀해주세요."

안내용 로봇은 아무도 없는 관리국을 쏘다니며 공허하게 말했다. 기계들이 관리해준 덕에 건물은 낡은 티가 났지만, 그런대로 쓸만해 보였다. 로비 안으로는 여러 개의 입성(入星) 심사 창구와 철로 된 회색 문이 보였다. 경사로에서 수월하게 내려오는 바퀴 소리가 들렸다.

"거기 누구 있어? 물어볼 것이 있어서 왔어."

서리가 말했다.

"안녕, 올 줄 알았어."

그림자가 걷히고 트롤리에 얹힌 인공지능 스피커가 모습을 드러냈다.

"음, 혹시 정지현이 어디 있는지 알고 있어?"

서리가 어떤 말투로 말을 걸어야 할지 고민하며

스피커에게 물었다.

"응, 알고 있어."

한은 눈에 띄게 얼굴이 밝아지며 당장 위치를 알려달라고 스피커에게 따졌다.

"지현이를 찾아서 뭘 하려고 그러니?"

트롤리 위의 스피커가 물었다. 서리는 자신이 위성 충돌에 대비하기 위해 대표로 선정된 일에 대해 말했다. 또 아직 충돌에 어떻게 대처해야 할지 갈피를 잡지 못했으므로 저쪽 위성의 상황을 살펴보기 위해 인터넷 커뮤니티에 가입해야 한다고 설명했다. 커뮤니티에 가입하기 위해서는 더도 말고 덜도 말고 정지현의 머리카락 한 올이 필요했다. 사실 몇 가닥 더 있으면 좋을 거라고 한이 덧붙였다.

"그 커뮤니티에 가입하고 난 후에는 어떻게 할 거니?"

트롤리 위의 스피커는 재차 질문했다.

"오뉴월이 이쪽을 적대하느냐 마느냐에 달렸지. 만약 좋은 방안을 내놓는다면 공동 작전에 참여해 줄 의향이 있어."

한이 대답했다.

"나는 지현이가 어떻게 되는지를 묻는 거야."

한이 대답하기 전에 서리가 선수를 쳤다.

"정지현이 우리를 좋아하든 말든 우리는 같이 있을 거야. 우리는 같은 끝을 짊어졌으니까. 혼자보다는 같이 있는 게 그 애한테도 나을 거야."

한은 합의되지 않은 말이라는 듯이 어깨를 으쓱했다. 트롤리에 얹힌 스피커는 약간의 잡음이 낀 목소리로 말했다.

"지현이는 이 건물 맨 위층에 있어."

서리와 한이 경사로로 올라가려고 하자, 트롤리의 스피커가 둘을 멈춰 세웠다.

"잠깐만, 너희도 나와 똑같이 생긴 스피커를 가지고 있지? 내게 한번 보여줘."

서리는 그제야 스피커 서리의 디자인이 트롤리에 얹힌 것과 매우 흡사하다는 사실을 깨달았다. 서리가 안쪽 주머니에 넣어둔 스피커를 꺼내 보였다.

"이름은 무엇으로 지었니?"

트롤리 위 스피커가 물었다.

"서리라고 지었어."

서리가 답했다.

트롤리 위 스피커가 어쩌다가 그 이름을 주었냐고 물었고, 서리는 머쓱하게 반쯤은 실수였다고 말했다. 트롤리 위 스피커는 어찌 되었건 그에게 꼭 맞는 이름이라며 웃었다. 스피커 서리는 아무 소리도 내지 않았다. 두 개의 스피커는 서리와 한에게 들리지 않는 파동으로 무언가를 나누는 것처럼 보였다.

"언젠가 너도 내 선택을 이해할 날이 올 거야."

트롤리 위 스피커는 의미심장한 목소리로 말했다. 트롤리 스피커 속에서 들려오는 잡음이 심해지더니 이내 전원이 꺼졌다. 스피커의 전원이 꺼지자마자, 출입성 관리국 안에서 움직이던 모든 기계도 일시에 멈췄다. 갑자기 무거운 침묵이 서리를 짓눌렀다.

"무슨 말을 했어?"

서리가 스피커 서리에게 물었다.

"오랜 친구에게 작별 인사를 했지."

스피커 서리가 대답했다.

서리는 같은 스피커끼리 통하는 무언가가 있는 모양이라고 생각했다.

출입성 관리국의 맨 위층에는 관리국장의 방이

있었다. 서리가 방문을 두드리자, 들어오라는 목소리가 들렸다. 서리와 한이 방으로 들어가자 휠체어를 탄 사람이 보였다. 그의 머리는 땋으려다 실패한 것처럼 엉성하게 묶여 있었는데, 서리보다 약간 몸집이 작아 보였다. 서리는 눈앞에 보이는 사람에게 네가 정지현이냐고 물었다. 정지현이 고개를 끄덕였다. 정지현은 두 팔을 내밀었고, 서리는 가볍게 정지현을 안았다가 놓았다. 서리는 정지현에게서 따사롭고 기분 좋은 건조함을 느꼈다.

"그럼 너 오뉴월인이 맞아?"

한이 약간 들뜬 목소리로 물어보았다.

"글쎄, 어떨 것 같아? 너희들과 다른 핏줄인 건 맞아."

정지현이 마찬가지로 경쾌하게 대답했다. 서리는 표정으로 티를 내지 않으려 노력했지만 내심 속으로는 놀랐다. 서리는 오뉴월인이 자신과 다르게 생겼을 것이라 짐작했기 때문이다. 어그레스 유전자가 어떤 작용을 하는지는 모르지만, 유전자가 다르다면 표현형도 다르다. 서리는 그것이 오뉴월과 지구를 구분 짓는 근본적인 차이라고 생각했다. 그러나 정지현은 홍해파리에 비하면 서리와 닮아 있었다.

"어쩐지, 그래서 피부 색깔이 더 붉구나."

한이 말했다. 정지현이 마찬가지로 한에게 두 팔을 벌렸으나, 한은 정지현에게 오른쪽 손만을 내밀었다. 정지현은 한이 내민 손을 붙잡으며 말했다.

"그렇게 보이니?"

서리는 정지현이 기분이 상했을까 봐 그의 표정을 살폈으나, 그런 기색은 보이지 않았다. 아니면 표정을 숨기는 데 저희보다 능숙할 수도 있었다.

"이날을 기다려왔어."

정지현이 말했다. 정지현은 어떤 사정 때문에 출입성 관리국을 벗어나지 못했고, 서리와 한을 만날 수 없었다고 설명했다. 그래서 자신이 서리와 한과 같이 공동 대표로 선정되었을 때 뛸 듯이 기뻤다고 했다.

"더는 혼자 남겨지지 않아도 되어서 다행이야."

정지현은 그렇게 말했다. 그리고 이제 이 건물을 나가고 싶다고 했다. 서리는 정지현에게 흔쾌히 자신이 살던 마을로 오라고 말했지만, 한은 무언가 미심쩍어 보였다. 이곳이 날 지켜줬지만, 평생 여기에만 있을 수는 없지. 정지현이 마지막이라는 듯이 방 안을 둘러보았다.

"잠깐, 내 부탁을 잊지 않았겠지."

스피커 서리가 말했다. 서리는 잠깐 머리 한구석으로 밀려났던 스피커 서리의 부탁을 다시금 기억했다. 서리는 정지현에게 양해를 구하고 방을 더 자세히 보기로 했다. 관리국장의 방은 생각보다 작았다. 마루와 가구들 모두 나무로 만들어져 있었다. 서류 더미와 책이 정리되지 않은 채로 어지럽게 날렸다. 방 한구석에는 유리 뚜껑이 달린 침대 같은 기계가 놓여 있었다. 사람 모양으로 구멍이 파여 있어, 한번 끼이면 쉽게 나오지 못할 것 같았다. 책장 뒤편으로 작은 방문이 있었다. 사람 하나가 겨우 들어갈 정도의 쪽방이었다. 쪽방 안에는 정지현이 사용했던 것으로 보이는 낡은 아기용품이 있었다.

"뭘 찾고 싶은 거야?"

서리가 스피커 서리에게 물었다.

"젠장, 뭔가 커다란 기계가 들어갈 만한 공간이 없나?"

스피커 서리의 물음에 정지현은 고개를 저었다.

"이 건물 안에 있는 건 확실한데…."

스피커 서리가 미련을 버리지 못하고 중얼거렸다.

"자동차로 오면 금방 오니까 언젠가 다시 살펴볼 수 있을 거야. 해가 지기 전에 학교로 돌아가자."

서리가 위로하듯 말했다. 셋이 함께 경사로를 내려가는데 정지현이 작동을 멈춘 트롤리 위 스피커를 발견했다.

"어릴 때부터 함께 있었는데. 기억이 나지 않을 만큼 오래."

정지현이 말했다. 서리는 정지현에게 스피커 몸체를 가져가서 간직하고 싶냐고 물었다. 정지현은 고개를 저으면서 말했다.

"아니야, 스피커는 내가 이곳을 기쁘게 나가길 바랄 거야."

무인 자동차에서 발판이 내려왔고, 정지현이 먼저 발판을 타고 자동차에 탑승했다. 한이 가장 왼쪽, 서리가 가운데, 정지현이 가장 오른쪽에 탔다. 눈에 띄게 말수가 적어진 한 대신에 서리가 앞으로의 계획을 정지현에게 설명해주었다. 정지현의 머리카락

한 올을 뽑아서 녹이고, 가닥가닥 이어진 정지현의 유전자를 쪼개서 검출기에 넣을 것이다. 유전자 검사 결과를 이용해 오뉴월인들의 커뮤니티에 들어간 후, 그들과 소통해볼 것이다.

"그 커뮤니티가 우리를 어떻게 생각하고 있을지 상상해봤어?"

정지현은 걱정이 섞인 목소리로 물었다.

"마냥 호의적이지는 않을 것 같아."

서리가 대답했다.

"호의적이지 않다는 게 어느 정도일까?"

정지현이 서리와 한을 떠보듯이 물었다.

"그렇게까지 구체적으로 생각해본 적은 없는데. 우리가 알고 싶은 건 걔네가 우리를 좋아하는지 싫어하는지가 아니야. 충돌에 대비해서 어떤 방안을 생각하고 있는지야."

한이 고저 없는 목소리로 말했다.

"생각보다 괜찮을 수도 있어. 나도 너를 만나기 전까지는 네가 우리를 보고 싶어 하지 않을까 봐 수도 없이 걱정했어. 하지만 정지현 넌 우리를 쉽게 받아들여 줬잖아. 그쪽도 그럴지 모르지."

서리가 빠르게 덧붙였다.

"미안하지만, 지금은 내 머리카락을 줄 수 없어."

정지현이 말했다. 한이 등받이에 기대고 있다가 정지현의 말에 허리를 세웠다. 그리고 서리 너머에 앉은 정지현을 뚫어져라 쳐다보기 시작했다.

"네 허락은 필요 없는데."

한이 멋대로 정지현의 머리카락에 손을 뻗자, 서리가 그 손목을 콱 잡았다.

"너 지금 이게 뭐 하는 거야?"

서리가 한의 행동을 저지하는 와중에 마침 자동차는 학교에 도착했다.

"이건 한을 위한 것이기도 해."

정지현은 의미 모를 말을 하고는 자동차에서 바퀴를 굴려 내렸다. 그리고 휠체어의 속도를 높여서 학교로 달려갔다.

"내가 저럴 줄 알았어. 쟤도 결국 오뉴월 사람인 거야. 엘리베이터가 폭파되어서 돌아가지 못하게 된 고향이 많이도 그리운가 보지. 쟤는 앞으로도 사사건건 우리를 방해할 거야. 그러니까 머리카락만 뜯어내고 있던 곳으로 돌려보내는 게 나아."

한이 서리에게 말했다.

"너는 왜 그렇게 그 커뮤니티에 집착해?"

서리가 한에게 물었다.

"커뮤니티뿐만이 아니야. 한, 넌 오뉴월에 엄청나게 관심을 두고 있어. 호기심이라는 말로 설명할 수 없을 만큼. 어떨 때 보면 좀 무섭기도 해."

서리의 말이 끝났지만, 한은 잠깐 아무 말도 하지 않았다.

"보여줄 게 있어."

2

깊은 바닷속에서 빛을 내는 해파리가 있다. 해파리 종의 약 절반은 혼자서 발광(發光)할 수 있다. 에 쿼린이나 루시페린과 같은 단백질이 해파리 안에서 만들어지고 부서지길 반복한다. 해파리가 내는 빛은 수면에 돌을 던져서 생긴 파문처럼 은은하게 퍼진다. 서리는 끝 없이 가라앉아서 그 빛에 둘러 싸여보고 싶었다. 서리는 가끔 침대에 누워서 감은 눈을 꾹꾹 눌러보았다. 세게 누를수록 어둠 속에서 밝은 빛이 피어올랐다. 어느 날은 빛이 가루처럼 흩어져버렸지만, 어떤 날은 제대로 뭉쳐서 동그란 모양을

© LEE SU JUNG

만들었다. 서리에게 그 빛은 항상 해파리였다.

*

한은 서리를 이끌고 학교 도서관으로 향했다. 학교 건물에도 출입성 관리국처럼 이상한 침묵이 깔려 있었다. 바쁘게 열리며 환기를 해야 할 창문이 굳게 닫혀 있었다. 수업 시간임에도 칠판에는 아무 글씨가 쓰이지 않았다. 요람을 흔들어주던 손길이 갑자기 떠난 것 같았다. 속속들이 알았던 공간이 완전히 다른 장소처럼 느껴졌다.

한이 두꺼운 과학책을 서리에게 내밀었다.

"오뉴월 사람들에게는 어그레스 유전자가 있고, 우리에겐 없다는 것이 어떤 의미일까."

한이 물었다.

"그 유전자는 별로 큰 역할을 하지 않는 것 같은데. 정지현은 겉보기에 우리랑 크게 다르지 않잖아."

서리가 말했다.

"서리 너는 항상 그렇게 대충대충 넘어가지. 너무 쉽게 남을 믿지 마. 어그레스는 눈에 보이지 않는 부분에 관여해."

한이 정갈하게 책갈피를 끼워 둔 부분을 찾아 책을 펼쳤다. 그 페이지에는 두 장의 사진이 대결하듯 배치되어 있었다. 서리는 쨍하게 빛나는 초록색 형광 표지 때문에 이것이 어떤 그림인지 알아볼 수 없었다. 그림 두 장 중에서 한 장은 형광 표지가 드문드문 있었고, 다른 그림은 온통 새파랬다. 서리는 언젠가 읽었던 에퀴리아 빅토리아 해파리에 관한 내용을 떠올렸다. 커튼의 솔기처럼 빛나는 작은 방울이 해파리 갓 주위에 달려 있다. 톡 건드리면 달랑달랑한 종소리가 날 것 같았다. 해파리의 촉수가 어두운 심해 속에서 밝게 빛난다. 바닷속에서 파란 조명을 켜는 해파리들. 그 해파리에서 초록색 형광 물질을 추출해서 여러 실험에 사용하고 있는 모양이었다.

"이게 어그레스 유전자가 발현된 쥐의 뇌야."

한이 형광 표지가 거의 보이지 않는 어두운 뇌 그림을 가리키며 말했다.

"이게 어떤 걸 의미하는데?"

서리가 물었다.

"이 표지는 옥시토신을 분비하는 세포에 특정해서 달라붙어. 보면 알다시피 어그레스 유전자가 발현되면 옥시토신을 분비하는 세포의 수가 줄어들지. 옥시토신은 친밀감에 관여하는 신경전달 물질이야. 옥시토신이 부족한 사람은 매우 공격적이고 범죄를 저지르기 쉬워. 오뉴월에 사는 사람들은 그런 사람들인 거야."

한이 말했다.

"정지현은 그렇게 보이지 않았는데."

서리가 말했다.

"그거야 모르지. 계속 지내다 보면 본성이 나올지도. 여기서부터는 내 추측인데, 오뉴월은 그런 사람들을 수용하기 위해서 만든 위성이 아닌가 싶어. 야만적이고 공격적인 사람들을 아예 다른 위성에 격리한 거야."

한이 말했다.

서리는 정지현을 안았을 때 느꼈던 따뜻하고 건조한 모래와 같은 촉감을 기억해냈다. 한은 대답이 없는 서리를 신경 쓰지 않고 계속해서 자기가 하고 싶은 말을 이어 나갔다.

"정지현의 피부가 우리보다 약간 붉었던 것도 내재된 공격성과 관련이 있을 거야. 피가 끓는다는 거겠지."

"네가 오뉴월에 집착하는 이유는 아직도 모르겠어."

서리가 아까의 질문을 다시 꺼내자 한은 말을 멈추고 곰곰이 생각하기 시작했다.

"처음에는 나에 대해서 알고 싶었던 것 같아. 나는 왜 이 행성에서 가장 마지막 아이로 태어났을까. 너도 궁금하지 않아?"

한이 묻자 서리가 천천히 고개를 끄덕였다. 서리는 물 위에 누워 유유히 떠다닐 때마다 자신의 기원에 대해서 생각했다. 또 이제는 얼굴이 기억나지 않는 자신의 양육자에 대해 생각했다. 처음부터 서리가 기계에 맡겨져 자랐던 것은 아닐 터였다. 서리는 양육자에게 자신을 떠날 수밖에 없는 이유가 있었으리라고 짐작했다. 서리는 그가 어떤 사람일지, 그도 해파리를 좋아할지 궁금했다. 서리는 그를 사랑하거나 원망하지 않은 채로 가만히 상상했다.

"오랫동안 답을 찾지 못하다가 한순간에 섬광이 스쳐 지나갔어. 나는 나 혼자 오롯이 존재하지 않고 누군가의 역으로 살아 있는 거야. 혼자 있을 때의 나는 아무런 의미가 없어. 오뉴월이 있어야만 나는 비로소 지구 사람이 되지. 오뉴월이 명확해질수록 그 반대에 있는 나도 실체를 가져. 그래서 오뉴월에 대해 알고 싶어. 처음부터 끝까지."

한이 말했다.

"너는 정말 외로운 사람이야."

서리가 한에게 말했다.

"너도 똑같아."

한은 지지 않고 받아쳤다.

'한에게만이라도 양육자가 오래 남아줬더라면 좋았을 텐데.'

서리가 속으로 아쉬워했다.

서리는 도서관을 빠져나와 학교 건물 어딘가에 있을 정지현을 찾으러 다녔다. 정지현은 서리와 한이 항상 수업을 듣는 교실 안에 있었다. 정지현은 창문 앞에서 이제 조금씩 지평선 너머로 기울어가는 태양 빛을 받고 있었다. 서리는 약간의 열기를 가진 붉은빛이 정지현의 피를 보글보글 끓게 만들까 봐 갑자기 두려워졌다. 그러다가 정지현이 자신의 머릿속을 읽을 수도 있다는 생각에 두려움을 빠르게 털어내었다. 정지현이 휠체어를 비스듬히 돌리며 서리를 마주 보았다.

"이 건물에는 방이 정말 많네. 네가 가장 좋아하는 곳은 어디야?"

정지현이 물었다.

"내가 좋아하는 곳은 지하에 있어."

서리는 정지현과 약간의 거리를 두고 앞서 걸었다. 정지현이 서리의 뒤에서 지잉지잉 휠체어를 움직이는 소리가 들렸다.

서리는 정지현에게 수영장을 보여주었다. 정지현은 살면서 한 번도 수영을 해본 적이 없다고 말했다. 서리는 출입성 관리국 주변의 널따란 사막 지대를 떠올리며 그럴 수밖에 없겠다고 생각했다. 서리는 오랫동안 열어본 적 없는 수영장 창고를 떠올렸다. 그 창고 속에 누군가가 휠체어에 달 수 있는 튜브를 넣어두었다. 튜브는 가운데가 뚫려 있는 두꺼운 바퀴 모양이었다. 서리는 정지현이 타고 있는 휠체어의 바퀴를 분리하고 튜브로 바꿔 끼웠다. 서리는 정지현에게 자기가 가지고 있던 수영복 중에 약간 작은 것을 주고 입는 것을 도와주었다. 서리도 수영복으로 갈아입었다. 정지현이 경사로를 따라 천천히 수영장으로 들어갔다. 발부터 천천히 물에 적셨고, 정지현의 다리가 수면 바로 아래로 동동 떴다. 정지현이 조심스럽게 휠체어 등받이를 젖히자 발판이 따라서 수면과 평행하게 올라왔다. 정지현의 광대뼈를 물이 천천히 감쌌다.

"기분이 어때?"

서리가 정지현에게 물어보았다. 정지현은 가만히 눈을 감고 탄성을 질렀다.

"나는 이제 물에 뜨는 사람이 된 거구나!"

정지현의 뺨이 약간 상기된 것처럼 보였다. 정지현을 보고 서리는 자신이 처음 물에 들어간 날을 떠올렸다. 서리는 정지현의 옆에 나란히 누웠다.

"우리가 오뉴월의 커뮤니티에 들어가지 않았으면 좋겠니?"

서리가 정지현에게 물었다.

"아직 때가 되지 않은 것 같아. 너희가 마음의 준비가 되지 않은 상태로 커뮤니티를 보았다가 크게 상처를 입을까 봐 걱정돼."

정지현이 말했다. 서리는 자신이 그렇게 어리지

않다고 말하기 위해 정지현이 있는 곳을 바라보았다. 수면에서 옆으로 고개를 돌리자 마찬가지로 자신을 보고 있는 정지현의 눈동자를 마주쳤다. 푸른 물 속과 밖의 경계에서 까만 눈동자가 일렁거렸다. 서리는 정지현이 진심으로 자신을 걱정하고 있음을 깨달았다.

"한은 오뉴월을 알면 알수록 자기 자신에 대해 이해할 수 있게 된대."

서리가 말했다.

"나는 한이 자신을 있는 그대로 받아들이기 전까지는 커뮤니티를 봐선 안 된다고 생각해."

정지현이 말했다.

"서리야, 너도 커뮤니티를 보고 싶어?"

정지현이 물었고 서리는 망설이다가 고개를 끄덕였다.

"나도 커뮤니티를 보고 싶어."

정지현이 그 이유를 물었다.

서리는 홍해파리에 대해 생각했다. 서리는 배영을 할 때마다 배를 무리하게 내밀어서 다리가 물속으로 많이 가라앉는 편이었다. 서리의 다리는 무게를 가지고 물 아래로 쑥 꺼진다. 서리는 자기 다리가 점점 길어지고 얇아지는 상상을 했다. 길어진 다리는 발가락의 골을 따라 여러 갈래로 나눠진다. 서리의 뇌를 둘러싼 두개골은 정수리부터 투명해진다. 말갛고 부드러운 서리의 뇌를 밖에서도 훤히 볼 수 있다. 어느 순간 서리는 홍해파리가 된다.

"나는 어릴 때 홍해파리가 되고 싶었어."

서리가 말했다.

"홍해파리는 어떤 동물이야?"

정지현은 서리의 사고가 예상치 못한 방향으로 튀어도 끈질기게 따라왔다.

"홍해파리는 끝이 다가왔다고 느끼면 갓을 뒤집어. 그리고 늘어진 촉수를 실타래 감듯이 몸속으로 빨아들인대. 갓이 촉수를 전부 감싸고 나면 크기를 점점 줄여서 한 점으로 응축되지. 이제 물에 뜰 수 없는 그 점은 아래로, 아래로 가라앉아 바위를 만나게 되는 거야. 그리고 홍해파리는 다시 어린 개체가 된대."

서리가 말했다.

"그건 정말 신기하다. 그럼 너는 영원히 살고 싶은 거야?"

정지현이 물었다. 서리는 고개를 저었고 서리의 왼쪽, 오른쪽 눈꼬리가 차례로 수면에 닿았다.

"한은 항상 우리가 끝이라고 했어. 우리보다 어린 사람은 없고, 우리의 수명이 곧 행성의 수명이니까. 난 한에게 그렇지 않다고 말해주고 싶었어. 우리가 아무리 끝과 함께 태어났다고 해도, 언젠가 오뉴월이 우리를 덮쳐와도, 우리는 갓을 뒤집어서 다시 시작할 수 있다고. 그러기 위해선 우선 눈앞에 닥친 위성 충돌을 어떻게든 해야 해. 그래야 한을 볼 면목이 있어. 난 커뮤니티를 보고 싶어."

서리가 말을 끝냈다. 정지현은 휠체어의 등받이를 세웠다. 너무 빠르게 세우느라 휠체어가 중심을 잡지 못하고 물속에서 휘청거렸다. 서리는 휠체어가 뒤집혀서 정지현이 물에 빠지지 않도록 지탱했다. 정지현이 말했다.

"너는 충분히 준비되어 있었구나."

정지현이 수영장 밖으로 나갔고 수영모를 벗었다. 그리고 물에 젖은 머리카락 한 올을 뽑아 서리에게 건넸다.

다음 날, 서리는 스피커 서리에게 유전자 검사를 어디에서 할 수 있냐고 물었다. 스피커 서리는 약간 당황하더니 오랫동안 생각했다.

"잘 기억이 나지 않는데, 출입성 관리국 어딘가에 그런 기계가 있을 거야. 그런데 그걸 어떻게 쓰는지는 물어보지 마. 난 기계와 친하지 않거든."

스피커 서리가 말했다. 서리는 스피커 서리가 기억을 더듬는 듯한 말을 할 때마다 어이가 없었다.

'보통은 데이터베이스에서 찾지 못했다고 말하지 않나? 게다가 자기가 기계면서 기계와 친하지 않다니.'

서리가 생각했다. 스피커 서리는 서리와 정지현을 위해 다시 자동차를 불러왔다.

"이번에는 전에 살펴보지 못한 곳도 둘러보자."

스피커 서리가 조급하게 말했다.

다시 돌아온 출입성 관리국은 저번보다는 덜 삭막해 보였다. 서리는 모래가 항상 죽음을 의미하지는 않는다는 것을 정지현에게서 은근히 나는 모래 냄새를 통해 배웠다. 일자로 늘어선 입성 심사 창구 옆에는 철문으로 된 방이 하나 있었다. 그 문을 열고 들어가니 유리창을 사이에 두고 책상 두 개가 서로를 마주 보고 있는 구조가 눈에 들어왔다. 누군가를 심문하기 위한 방 같았다. 유리창 너머에 희고 매끈매끈한 기계 여러 대가 배치되어 있었다.

"이게 그 유전자 검사 기계인가 봐."

서리가 기계에 다가가면서 말했다.

'어떻게 작동하는 거지? 한이 있었다면 수월하게 했을 텐데. 차라리 버튼이 수십 개 달린 기계가 훨씬 나아. 아무거나 눌러보면서 감을 잡을 수 있으니까.'

서리가 생각했다. 기계는 아무 요철 없이 부드럽게 이어지는 곡선으로 이루어져 있었다. 서리는 막막한 기분을 느꼈다.

"혹시 이거 어떻게 작동시키는지 알아?"

서리가 정지현에게 물었지만, 정지현도 너와 마찬가지라며 어깨를 으쓱했다.

서리가 별생각 없이 기계를 오른쪽에서 왼쪽으로 쓰다듬자, 기계가 반으로 열렸다. 서리는 갑자기 조개처럼 아가리를 벌린 기계 때문에 깜짝 놀랐다. 기계 속에는 여러 액체가 담긴 실린더가 줄지어 있었고, 가장 오른쪽에는 네모난 화면이 위치했다. 화면에 안경을 쓰고 제복을 입은 여성이 등장했다. 지금 서리와 정지현이 위치한 바로 그 자리에서 여성은 인사했다.

"안녕하세요, 출입성 관리국 국장 정현희입니다."

정현희는 기계를 다루는 방법을 자세하게 설명해 주었다. 서리는 화면 속의 정현희를 똑같이 따라 했다. 기계 속 가장 왼쪽에 있는 실린더에 정지현의 머리카락을 넣자, 머리카락이 흔적도 없이 녹아 사라졌다. 서리가 신기해하며 정지현에게 한번 구경해보라고 말했다. 정지현은 서리의 목소리가 들리지 않는지 정현희가 나오는 화면을 뚫어져라 쳐다만 보았다. 기계는 실린더를 시계 방향으로 마구 돌리고 투명한 액체를 흘려 넣었다. 어느새 머리카락이 들어 있던 실린더에는 자기들끼리 뭉쳐진 투명한 가닥들이 자리를 채우고 있었다. 실린더의 내용물이 아래로 쑥 빨려 들어가더니, 실린더 옆에 있는 검은 종이에 변화가 생겼다. 하얗게 빛나는 가로 막대가 위에서 아래로 배열되었다. 어떤 막대는 조금 더 강하게 빛을 냈고, 어떤 막대는 비교적 희미했다. 서리가 빛나는 막대의 의미를 궁금해하고 있을 때, 종이가 출력되는 소리가 들렸다. 정지현의 유전자 검사 결과지였다.

서리가 정지현에게 이제 다 되었다며 돌아가자고 말했지만, 정지현은 아직도 기계의 화면에서 눈을 떼지 못했다. 서리는 화면 속 여성의 명찰에 박혀 있는 정현희라는 이름을 발견했다. 그리고 오뉴월 사람들의 세 글자 이름 중 가장 앞 글자는 가족이 돌려 쓰는 표식이라는 사실도 기억해냈다.

"이 사람이 너와 가족이니?"

서리가 정지현에게 물었다.

"엄청 가까운 가족은 아닐지도 몰라. 어쩌면 남일지도. '정'이란 표식을 쓰는 가족들은 엄청 많거든."

서리는 오뉴월인들의 이름 표기가 이해되지 않았다. 가족인 걸 표시하고 싶으면 다른 가족은 '정'을 쓰지 못하게 했어야 하는게 아닐까? 그래도 정지현은 화면 속의 여성에게 어떤 그리움을 느끼는 것처럼 보였다. 서리는 그 마음을 조금 이해할 수 있었다. 서리는 얼굴을 알지 못하는 자신의 양육자가 어디선가 살아가고 있으리라 믿어 의심치 않았다. 정지현도 그럴 것이다.

정지현은 이제 괜찮다면서 휠체어를 뒤로 돌렸다. 정지현과 서리는 건물을 샅샅이 뒤져보았으나, 스피커 서리가 찾고 싶어 하는 방은 발견하지 못했다. 대신 어떤 방에서 방치된 컴퓨터를 발견했다. 서리는 한이 했던 것처럼 컴퓨터 네트워크의 주소를 오뉴월로 변경했다. 그리고 한이 들어가고 싶어 했던 커뮤니티 중 한 곳에 정지현의 유전자 검사 결과지를 제출했다. 커뮤니티에 가입하기 위해서는 별명을 하나 만들어야 했는데, 서리가 '홍해파리'로 지었다. 가입 절차가 완료되고 얼마 안 있어 알람이 울렸다. 누군가가 말을 걸어온 것이다. 메시지를 보낸 상대방의 별명은 '평화'였다.

[커뮤니티에 가입한 걸 축하한다. 나는 커뮤니티 관리자고 평화라고 불러. 간단한 설명을 위해 메시지를 보낸다.]

평화는 약간은 딱딱한 말투를 가지고 있었다. 정지현이 서두르지 말라며 서리의 어깨를 쥐었다.

[안녕, 만나서 반가워.]

서리는 답장을 보냈다. 잠시 시간이 지나고, 평화로부터 갑자기 많은 양의 글자가 한꺼번에 넘어왔다.

서리의 눈에 가장 첫 번째 조항이 들어왔다.

[첫째, 이 커뮤니티의 목표는 오뉴월을 쳐부수고 지구의 질서를 지키는 것이다….]

한은 서리와 정지현이 자신만 두고 어디론가 이동하는 모습을 창문을 통해 지켜보았다. 한은 만난 지 얼마 되지도 않은 정지현을 서리가 너무 쉽게 신뢰한다고 생각했다. 서리는 자신과 다르게 항상 대충이었고 좋은 게 좋은 거라고 넘어갔다.

"나라도 정신을 잘 차려야 한다…."

한은 중얼거렸다. 그리고 서리와 정지현 몰래 훔쳐 온 트롤리 스피커에 전원을 연결했다.

"여긴 어디지?"

기괴하게 늘어진 목소리가 스피커에서 흘러나왔다. 한은 급하게 수리하느라 스피커의 어딘가가 이상해졌다고 추측했다.

"정지현에 대해 아는 대로 말해."

한이 트롤리 스피커에게 강압적으로 말했다.

"아하. 네가 한이겠구나."

트롤리 스피커가 말했다.

"정지현은 우리에게 뭘 원하는 거야? 그 애가 공격성을 억누르고 우리한테 붙어 있을 이유가 있냔 말이야."

한이 조급하게 물었다.

"그런 식으로는 평생 오뉴월을 이해할 수 없어."

트롤리의 스피커가 비아냥거렸다.

"내 질문에 대답이나 해!"

한이 스피커를 마구 흔들었다. 갑자기 스피커가 오래전에 녹음된 음성을 재생했다.

"지현아, 언제나 너의 결정을 지지한다. 화로를 터뜨리든, 꺼뜨리든 그것은 온전히 너의 선택이야."

한은 트롤리 스피커에서 단단히 큰 오류가 났다고 생각했다.

"지현이의 좋은 친구가 되어줘."

마이크에 아주 가까이 대고 속삭이는 목소리가 들렸다. 트롤리의 스피커는 고주파음을 내다가 퍽 하고 나가버렸다. 한은 멍하니 자리에 앉아 있었다. 정지현의 이름을 부르던 스피커의 목소리가 귓가에서 떠나지 않았다. 갑자기 발소리가 들리더니 서리가 문을 열고 들어왔다.

"너와 의논할 일이 있어."

서리가 말했다. 정지현도 서리를 따라서 방으로 들어왔다.

출입성 관리국에서 서리는 커뮤니티 조항을 이해할 수 없어 한참 동안 멈춰 있었다. 정지현은 너무 오랫동안 답을 보내지 않으면 평화가 이상하게 생각할 수도 있다고 말했다. 그리고 서리 대신 평화에게 메시지를 보냈다.

[안내해줘서 고마워.]

"오뉴월 커뮤니티에 들어갔더니 오뉴월을 부수자고 하네. 이게 무슨 상황이지?"

서리가 정지현에게 물었다.

평화가 보낸 메시지에서 그다음 조항은 '커뮤니티 회원을 향한 비방은 예고 없이 삭제될 수 있으며, 법적인 처벌이 가해질 수도 있다'였다. 마지막 조항은 더 이해되지 않았다.

'오뉴월을 향한 비방은 허용한다.'

서리는 혼란스러운 표정으로 정지현을 바라보았다. 정지현은 평화와 계속해서 이야기를 나눠보는

것이 어떠냐고 제안했다. 서리가 평화에게 메시지를
보냈다.

[내가 커뮤니티는 처음이라서 그런데, 어떤 걸 해야 할지
잘 모르겠어.]

[그러면 처음 며칠 동안은 그냥 쭉 둘러보면서 분위기를
익히는 걸 추천한다.]

평화가 답했다. 서리는 가장 인기가 많은 순으로
정렬된 글 목록을 발견했다. 가장 첫 번째 글의 제목
은 '오뉴월이 할 줄 아는 것'이었다. 내용은 단 한 줄
이었다. 오뉴월은 의무도 다하지 않으면서 행성 터뜨
린다고 질질 짜는 것밖에 못 함. 그다음 순위의 글
은 '오뉴월의 현 상황'이라는 제목을 달고 있었으며,
내용에는 아무 글자 없이 움직이는 사진만 있었다.
누군가 온몸에 멍이 든 채로 무릎을 꿇고 손을 싹
싹 비는 모습이었다. 정지현은 읽고 싶지 않다는 듯
이 눈썹을 찌푸렸다.

"여기는 우리가 찾던 오뉴월 커뮤니티가 아니라
다른 곳인가 봐."

서리가 말했다.

"그렇지 않으면 오뉴월 사람들이 오뉴월을 왜 싫

© LEE SU JUNG

어하겠어? 우리가 잘못 들어온….”

정지현이 서리의 말을 끊었다.

“서리야, 여기가 오뉴월이야.”

서리는 정지현의 말을 곱씹는 데 충분한 시간을 썼다.

‘여기가 오뉴월이라면 지금 우리를 향해서 달려오는 위성은 뭐지?’

‘정지현은 오뉴월 사람이 아니야?’

‘그렇다면 어그레스 유전자가 무엇을 의미하는 거지?’

서리는 동시다발적으로 생기는 물음들과 커뮤니티의 자극적인 말들이 섞여 정신을 차릴 수가 없었다. 정지현은 서리의 어깨를 쥐며 말했다.

“내가 말하면 믿기 힘들까 봐 너희들이 증거를 발견하면 알려주려고 했어. 나는 지구인이야. 너희는 오뉴월 사람들이고. 지금 오뉴월로 달려오는, 혹은 오뉴월이 달려가고 있는 행성이 지구야. 궁금한 게 있으면 물어봐. 내가 아는 한에서 대답해줄게.”

서리는 정지현과 학교로 돌아오는 길에 하늘을

올려다보았다. 저번에 한과 걸어올 때 보았던 것보다 행성은 조금 더 커 보였고, 푸른색은 더 선명해진 것 같았다.

'저번에 저걸 보면서 무슨 생각을 했더라.'

서리는 그때 아가리를 쩍 벌리고 다가오는 위성이 징그럽다고 했다. 서리는 커뮤니티에서 보았던 글들이 다시금 떠오르면서 그쪽도 이곳을 징그러워한다는 걸 알았다. 그러나 그들은 서리보다 철저하고 과격하게 징그러워했다.

"이게 내가 한에게 커뮤니티를 보여주고 싶지 않았던 이유야. 한이 저쪽에 빗대어 자신의 존재를 긍정하고 있다면, 진실은 한에게 큰 충격이 될 거야. 너도 그렇게 생각하지?"

정지현이 물었지만, 서리는 대답하지 않았다. 사실을 언제까지나 숨겨봐야 한에게 큰 도움이 되지 않을 것 같았다. 언젠가는 알아야 하는 일이라면.

서리와 정지현이 예고도 없이 문을 열고 들어오자 한은 크게 당황했다. 한은 수상한 연기가 나고 있는 트롤리 스피커를 등 뒤로 감추려고 했다. 서리는 자신이 스피커 서리를 두고 갔다고 생각해서 자신의 품 안을 보았는데, 스피커 서리는 안주머니에 잘 들어가 있었다. 정지현은 이때까지 보지 못한 눈빛으로 한을 쳐다보기 시작했다.

"그 스피커…."

정지현이 스피커를 가리켰다.

한은 답지 않게 시선을 피하며 출입성 관리국에서 가져왔다고 말했다. 그리고 정지현이 무언가를 숨기고 있다고 생각해서, 정지현에 대해 더 알기 위해 스피커에 손을 댔다고 했다.

"나는 스피커에게 마음으로 작별 인사를 보냈어. 그걸 다시 가져와서 마음대로 조작할 권리는 아무에게도 없어."

정지현은 금방이라도 눈물을 터뜨릴 것 같은 표정으로 말했다.

"그럼 네가 처음부터 우리에게 협조적으로 나왔으면 됐잖아!"

한이 입을 다무는가 싶더니 갑자기 소리쳤다.

"왜 우리를 방해하는 거야? 우리에게 숨기고 있는 게 대체 뭐야."

정지현과 한의 숨이 점점 거칠어졌다. 정지현은

차마 말할 수 없다는 듯이 입술을 깨물었다. 한은 이제 서리를 쳐다보고 말하기 시작했다.

"내가 어그레스에 대해서 말해줬는데도 넌 왜 정지현을 싸고돌아? 내가 그깟 스피커 좀 만졌다고 바로 눈빛 바뀐 거 너도 봤잖아."

"이제 그만해."

서리가 말했다.

"그만하긴 뭘 그만해. 오뉴월은 지금도 시시각각 여기로 다가오고 있어. 우리는 우리끼리 협력해야 해. 넌 나와 15년 동안이나 같이 있었잖아. 정지현이 아니라 내 말을 들어!"

한이 쏟아내듯 말했다.

"한아."

서리가 결심한 듯 한의 이름을 부르자, 정지현이 서리의 손을 잡고 말렸다. 그러나 서리는 한이 충분히 강한 사람임을 보여주고 싶었다.

"여기가 오뉴월이야."

지구에는 어그레스를 포함하거나 포함하지 않은 대립 유전자가 존재했다. 운과 확률에 의해 대립 유전자가 전해지면서, 자연스럽게 어그레스를 가진 인간과 가지지 않은 인간으로 나뉘었다. 과학이 발전하고 사람들이 유전자에 대해 알게 된 후에 어그레스에 관심이 쏠렸다. 어그레스를 가지지 않은 인간은 다른 사람들보다 유순하고 명령에 잘 따랐기 때문이었다. 그들은 생전 처음 본 사람과도 쉽게 친해졌고 타인의 감정을 헤아릴 줄 알았다. 시간이 갈수록 어그레스가 없는 사람들이 많이 필요해졌다. 어떨 때는 어그레스 음성 대립 유전자를 가진 사람들끼리 혼인을 유도하기도 했다. 혼인으로 태어나는 어그레스 음성 아이들의 수가 수요를 따라잡지 못하자, 유전자 조합을 통해 아이들을 만들어내기도 했다. 거기에서 끝나지 않았다. 지구는 어떤 임무를 수월하게 달성하기 위해 인공 위성 오뉴월의 부품을 만들어 우주에서 조립했다. 그리고 어그레스 유전자가 없는 유순한 사람들을 오뉴월로 이주시키기 시작했다.

"공격성이 강한 사람들을 격리한 것이 아니었어. 유순한 사람들을 모아둔 거야. 우리는 이걸 받아들여야 해."

서리는 단호하게 말했다. 한은 믿지 못하겠다는

듯 허, 하고 웃었다. 서리는 아까 출입성 관리국에서 잠금을 푼 커뮤니티의 화면을 보여주었다. 한은 눈을 위아래로 도르륵 도르륵 굴리며 빠르게 화면을 훑어보았다.

"그럴 리가 없어. 너희가 헷갈린 거겠지."

한은 작은 목소리로 중얼거렸다. 그리고 서리와 정지현을 차례로 훑어보더니, 문을 박차고 밖으로 나갔다. 처음에는 발걸음 소리가 띄엄띄엄 들리더니, 이내 빠르게 멀어져갔다. 서리는 한이 떠나간 자리를 보았다.

"내가 너무 성급했던 걸까."

서리가 말했다.

"아마도…."

정지현이 대답했다.

"그렇지만 이미 저지른 일인걸. 이게 최선이었다고 생각하자."

정지현이 서리를 위로했다. 서리는 이제는 더는 연기가 나지 않는 트롤리의 스피커를 살펴보았다. 그것을 정지현에게 건네주자, 정지현은 스피커를 좋은 곳에 묻어주고 싶다고 말했다.

"스피커는 너와 무슨 관계야?"

서리가 정지현에게 물었다.

"기억이 나는 순간부터는 항상 같이 있었어."

정지현이 대답했다. 정지현은 스피커에게서 다양한 것들을 배웠다고 했다. 읽고 쓰기와 같이 기본적인 것들부터, 행성의 역사와 정지현의 기원까지. 사실 정지현은 어렸을 때부터 스피커에게 자신이 어디에서 온 사람인지 계속해서 물었다고 했다. 그러나 스피커는 네가 준비되기 전까지는 아무것도 말해줄수 없다며 대답을 거절해왔다. 오뉴월이 점점 기울어지고, 지구와 오뉴월이 충돌한다는 것이 알려지자, 스피커는 정지현에게 알려주었다. 너는 지구인이며, 이곳은 오뉴월이라는 것을.

"충격을 받거나 배신감을 느끼지는 않았어?"

서리는 정지현에게 조심스럽게 물었다. 정지현은 고개를 저었다.

"아니, 스피커는 두 명의 친구가 여기로 올 거라고 말했어. 내가 지구인이든 너희가 지구인이든 아무 상관 없었어. 곧 너희를 만날 수 있다는 사실에 두근거렸거든."

정지현은 자신이 사실을 받아들일 수 있을 때까지 기다린 스피커를 이해한다고 말했다. 그리고 자신도 서리와 한에게 똑같이 해줄 수 있기를 바랐다. 그러나 정지현은 스피커만큼 능숙하지는 못했던 것 같다며 씁쓸해했다.

　　서리는 학교 뒤뜰에 스피커를 묻을 만한 작은 화단이 있던 것이 생각났다. 서리와 정지현은 그곳으로 이동했다. 서리는 손으로 흙을 패서 오목한 구멍을 만들었다. 서리는 거기에 트롤리의 스피커를 넣고 그 위를 다시 흙으로 덮으려고 했다.

　　"나에게도 묻는 모습을 보여줘."

　　서리의 품속에 들어 있던 스피커 서리가 말했다. 서리는 눈도 카메라도 없는 게 어떻게 본다고 하는지 이해할 수 없었지만, 스피커 서리를 꺼내 바닥에 내려놓았다. 곱게 갈린 얼음처럼 흙이 사르륵사르륵 쌓였다. 누구도 아무 말도 하지 않았다.

　　그날 밤, 서리는 스피커 서리에게 너도 곧 전원이 꺼질 수도 있냐고 물어보았다.

　　"모르긴 몰라도 얼마 안 남았을걸."

스피커 서리가 말했다.

"너희는 어디에서 온 존재야?"

서리가 스피커 서리에게 물었다.

"나도 너처럼 오뉴월에서 태어났지."

서리는 스피커 서리가 생산지에 대해 말하는 것인지 궁금해졌다.

"만들어진 지 얼마나 오래됐어?"

서리의 질문에 스피커 서리가 대답했다.

"너희의 딱 두 배하고 조금 더 되었다."

생각보다 오래된 연식에 서리는 조금 놀랐다.

"한은 다시 우리에게 돌아올까."

서리는 물어볼 예정이 없었던 말이 자기도 모르게 튀어나왔다. 서리는 자기 머릿속이 온통 한에 대한 걱정으로 가득 차 있음을 깨달았다. 그리고 저희 둘이 싸워본 일이 거의 없었다는 점도 생각이 났다. 책 좀 그만 읽고 자기와 수영이나 하자고 한을 졸랐던 일과, 참다 참다 한이 자신에게 짜증을 낸 일뿐이었다. 서리는 한이 자기 얼굴을 그렇게 혼란스러운 표정으로 쳐다본 기억이 없었다. 이대로 한이 영원히 돌아오지 않는다면, 그래서 우리가 떨어진 채로 마지막을 맞아야 한다면 어떡하지. 서리는 생각하면 할수록 점점 울적해졌다.

"그게 한의 결정이라면 어쩔 수 없지. 영원히 돌이킬 수 없는 관계도 있어."

스피커 서리가 말했다. 서리는 스피커 서리가 위로를 하려는 건지 약 올리는 건지 분간할 수 없었다.

"그래도 너무 걱정하지 마. 너희가 나처럼 쥐어뜯고 싸운 건 아니니. 그 정도면 귀여운 수준이지."

스피커 서리가 내는 진동이 책상을 타고 서리의 손끝으로 들어왔다. 부드럽게 어루만지는 느낌이 들어 서리의 눈에 눈물이 맺혔다.

"네가 출입성 관리국에서 찾는 방이 싸운 일과 관계가 있어?"

서리가 스피커 서리에게 물었다.

"그런 셈이지."

스피커 서리가 말했다. 어쩌면 스피커 서리는 돌이킬 수 없는 관계를 돌이키려 하는지도 몰랐다. 서리는 스피커 서리의 배터리가 다 되기 전까지 방을 찾을 수 있도록 도와주고 싶어졌다.

3

해파리는 왜 뭉쳐서 살아갈까. 서리의 오랜 궁금
증이었다. 작은 해파리일수록 커다란 군집을 이루었
다. 서리는 해파리의 목소리를 상상했다. 해파리는
인간이 듣지 못하는 소리로 대화를 나누는 게 틀림
없었다. 서리가 상상한 목소리는 너무 작아서 귀에
난 털 한 가닥을 톡 움직일 정도였다. 서리는 나중에
야 알게 되었지만, 해파리는 사회적 관계를 맺을 정
도로 지능이 높지 않았다. 해파리가 떼를 이루는 이
유는 파도에 쓸려서 한곳으로 몰리기 때문이다. 서
리는 약간 실망했으나 이대로도 상관없었다. 해파리

가 뭉쳐서 움직이면, 포식자에게 잡아먹힐 확률이 줄어든다는 설명을 읽었기 때문이었다. 서리는 자신이 분모에 들어가는 숫자 하나일 뿐이어도 좋았다.

★

다음 날, 서리는 커뮤니티를 다시 확인해보았다. 인기 글은 저번과 마찬가지로 오뉴월에 대한 악의로 가득 차 있었다. 반면 다른 한쪽에서는 손뼉을 치고 환호성을 지르는 사진이 끊임없이 올라왔다. 지구에서 무언가 축하할 만한 일이 생기고 있는지도 몰랐다. 채팅을 살펴보니 평화에게서 온 메시지가 쌓여 있었다. 서리는 혼자서 대답하면 실수를 할 수도 있을 것 같아 같이 답을 해줄 누군가를 찾으러 다녔다. 서리는 자신도 모르게 한의 방문을 열었다가 하룻밤 새에 식어버린 공기만 마주쳤다. 정지현이 서리를 도와주겠다며 나섰다. 평화에게서 온 메시지는 세 개였다.

[이제 분위기에 좀 익숙해졌나?]

[새로 들어온 사람들과 인사해보고 싶지 않아? 오늘은 축제니까 한번 모여보지.]

그리고 '소개서'라는 제목의 파일 하나였다. 서리는 어떻게 대답해야 할지 망설이다가 우선 소개서 파일을 열어보았다. 소개서에 넣어야 하는 내용은 별명, 피부색, 가족계획, 그리고 지구를 구할 방법 한 가지였다. 언뜻 보기에 연관성이 없는 내용이라 서리는 혼란스러워졌다. 정지현은 평화에게 물어보는 것이 좋겠다며, 답장을 작성하기 시작했다.

[나도 다른 사람들을 만나보고 싶었어. 그런데 소개서는 왜 써야 해?]

정지현이 메시지를 보내자마자 평화에게서 답장이 빠르게 왔다.

[소개서를 작성하면 내가 너를 비밀 채팅방에 초대해줄 거다. 거기에는 너 같은 신입과 나 같은 베테랑들이 섞여 있지. 소개서는 처음 만난 어색함을 누그러뜨리기 위한 거야. 부담 가질 필요 없어.]

평화가 이상한 낌새를 눈치챌지도 몰라서 서리와 정지현은 더 캐묻지 않기로 했다. 서리는 별명 칸에 홍해파리를 써넣었다.

"피부색에는 어떤 말을 써야 하지?"

서리가 물었다.

"한은 내가 너희보다 약간 붉은 피부를 가지고 있다고 했지. 붉은색이라고 쓰면 될 것 같은데."

정지현이 말했다.

서리는 고민하다가 '정열의 붉은색'이라고 썼다. 가족계획은 어떤 걸 말하는 걸까. 이 문제에 대해서는 서리도 정지현도 잡히는 것이 없었다. 서리의 계획은 학교를 졸업하고 곧장 셋이 같이 머물 수 있는 집을 찾는 것이었다. 그리고 스피커 서리와 트롤리 스피커가 같이 묻힐 수 있는 화단이 있으면 더 좋겠다. 해파리는 더운 바다에 산다고 들었다. 서리의 집도 더운 바다 근처의 절벽에 세워질 것이다. 서리는 가족계획에 '3인 가족'이라고 썼다. 그다음 칸은 지구를 구할 방법이었다. 서리가 이번에는 망설이지 않고 '오뉴월과 대화해서 방법을 찾기'라고 썼다. 정지현은 단번에 그 줄을 모두 지우고 말했다.

"서리야, 더 과격해야 해."

서리는 '오뉴월을 가루로 만들어버리기'로 고쳤다.

평화가 초대해준 채팅방에는 여러 사람이 들어와 있었다. 평화의 주도에 따라 서로 인사를 나누었다. 서리도 어색하게나마 잘 부탁한다는 메시지를 보냈다. 평화부터 자기소개를 시작했다. 평화는 자신이 가장 소망하는 것이 평화이기 때문에 별명으로 지었다고 말했다. 또 평화는 자신의 피부색을 얼음과 같은 흰색이라고 말했다. 서리와 정지현은 속이 서늘해졌다. 흰색이라고 해야 했던 걸까. 지금 와서 바꾸기엔 이미 평화에게 소개서를 제출한 후였다. 평화가 가족계획에 대해서는 '최대한 많이'라고 간결하게 답했다. 마지막으로 평화는 오뉴월을 박살 내야 함에는 동의하지만, 어그레스 음성인 사람들은 최대한 많이 살려야 한다고 말했다. 그 사람들은 명령에 잘 따르고, 사납지 않기 때문에 지구에 많은 도움이 될 것이라고 했다.

다음은 서리의 차례였다. 서리는 별명을 '홍해파리'로 정했다고 말했다.

[왜 네 별명이 홍해파리야?]

'가장'이라는 별명을 달고 있는 사람이 서리에게 질문했다. 서리는 별생각 없이 답했다.

[내가 제일 좋아하는 동물이거든.]

[오뉴월 충돌에 대한 커뮤니티니까 관련된 별명을 지었으면 좋았을걸.]

74

가장이 말했다. 평화는 커뮤니티에 익숙하지 못한 사람이라며 너그럽게 넘어가주자고 말했다.

[피부는 왜 붉은색이라고 썼지?]

채팅방에 있던 '다트'라는 별명이 서리에게 질문했다. 서리는 눈을 질끈 감고 자판 위에서 손가락을 놀렸다.

[오뉴월인들이 우리 피부색을 붉다고 하잖아. 붉으면 어쩔 건데! 우리는 정열적인걸.]

서리가 정지현에게 엄지를 들어 보였다. 그러나 아무도 답장을 보내지 않는 어색한 시간이 잠시 있었다.

[그놈들의 말을 여기서까지 듣고 싶진 않아.]

평화가 말했다.

[우리 피부가 붉은 게 아니라. 오뉴월인의 피부가 괴상하게 푸르스름한 거야.]

평화가 덧붙이자, 가장이 말했다.

[정말 여기에 대해 아무것도 모르나 보네. 넘어가자.]

[한 명만 낳게? 좀 적어 보이는걸.]

다트가 이어서 물어보았다. 서리는 이번에는 다트가 가족계획에 대해 트집을 잡고 있음을 알아차렸다. 정지현이 답했다.

　[큰 생각 없었는데, 더 많은 것도 나쁘지 않을 듯.]

　[당연하지. 한 명당 셋은 낳아야 한다고. 오뉴월이 없어도 우리끼리 잘 할 수 있다는 걸 보여줘야지.]

　평화가 메시지를 보내자, 따라서 몇 명이 동조했다.

　[마지막으로, 지구를 구할 방법은 뭐라고 썼지?]

　평화가 서리에게 직접 이야기할 것을 요구했다.

　[나는 지구를 구하기 위해 오뉴월을 가루로 만들어버려야 한다고 생각해. 그게 합당한 벌이지.]

　이번에는 모두 서리의 말을 아무런 이견 없이 받아들였다.

　[네 소원은 오늘 이루어지겠어.]

　평화가 의미심장한 말을 보냈다.

　[오늘은 이걸 위해 모인 것이기도 하지.]

　갑자기 다트가 흰 배경에 숫자만 쓰여 있는 영상을 보냈다. 20부터 하나씩 숫자가 줄어들었다. 화면의 숫자가 10이 되었을 때, 채팅방에 있던 사람들 모두가 함께 초읽기를 시작했다.

　[5, 4, 3, 2, 1!]

　그 순간 커다란 진동과 함께 서리가 있던 방의 불

빛이 전부 나가버렸다.

　유리창이 깨지며 반짝이는 가루가 서리의 머리 위로 쏟아졌다. 정지현이 휠체어와 함께 옆으로 넘어졌다. 서리는 유리 조각 때문에 정지현이 다치지 않도록 조심하면서 정지현의 손을 잡았다. 정지현의 위로 책장이 넘어지려고 했다. 서리가 정지현의 머리를 몸으로 막았다. 책장은 반대편 벽으로 돌진하여 비스듬히 기울어졌다. 서리는 책등으로 몇 번 맞았을 뿐 크게 다치진 않았다. 오히려 책장이 벙커 역할을 해서 쏟아지는 잔해를 막아주었다. 진동은 수 분동안 계속되다가 거짓말처럼 멈췄다. 다시 방 안에 불이 들어왔고, 정지현은 머리카락이 온통 유릿가루 범벅이 된 서리를 발견했다.

　"서리야, 움직이지 마."

　정지현이 말했다.

　이미 서리의 뺨과 목에 빗금과 같은 빨간 상처가 남았다. 정지현은 손으로 서리의 머리를 빗어냈고, 정지현의 손에도 같은 상처가 생기기 시작했다. 서리는 괜찮다며 정지현의 손을 머리에서 떼어냈고,

채팅방을 확인했다. 채팅방 속 사람들은 갑자기 사라진 서리를 찾고 있었다. 서리가 대답했다.

[미안, 갑자기 화장실이 급해서.]

평화는 이 중요한 순간에 왜 자리를 비웠냐고 말했다. 다 같이 기도해도 모자랄 판에, 기도가 부족해서 빗나간 것이 아니냐는 우스갯소리도 했다.

오뉴월을 파괴하기 위해 지구에서는 끝이 뾰족한 화살촉 모양의 무인 우주선을 발사했다. 그러나 계산에 미세한 오류가 생겼는지, 우주선은 오뉴월의 테두리를 스치고 우주 저 너머로 날아가버렸다. 우주선이 선회하기 전에 다른 행성의 영향권 안으로 들어가버리면 우주선이 돌아올 수 없다고 했다. 우주선의 무사 귀환을 바라는 채팅이 빠르게 올라왔다. 정지현은 채팅을 읽으면서 이를 꽉 깨물었다. 서리는 이들에게 화를 낼 시간이 없었다.

"한은 지금 어디에 있지?"

오늘 아침에 한은 자기 방에 없었다. 정지현에게도 물어봤지만, 오늘 이 건물 안에서는 한을 보지 못했다고 말했다.

"한은 엘리베이터를 보러 갔어. 무인 자동차가 움

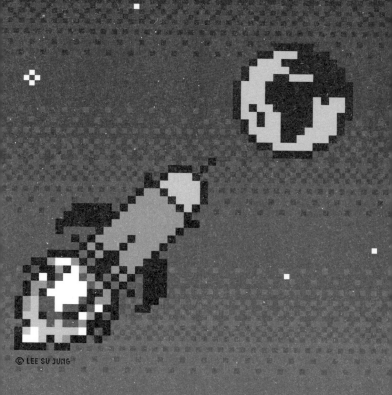
© LEE SU JUNG

직인 흔적이 있어."

스피커 서리가 말했다.

엘리베이터 근처에는 큰 구조물이 없이 넓은 평원 같은 사막이 있었다. 흔들려도 크게 다칠 만한 위험이 없을 것이다. 서리는 애써 자신을 진정시켰다. 서리는 정지현이 다시 휠체어에 앉을 수 있도록 도왔다.

"지금 당장 엘리베이터가 있는 곳으로 가자."

정지현이 단호하게 말했다. 서리는 그제야 자기 손이 얼마나 떨리고 있었는지 알 수 있었다. 스피커 서리가 한이 타고 간 자동차를 다시 불러왔다.

한은 엘리베이터가 있던 자리에 뚫린 구멍 속을 바라보았다. 한은 하룻밤 새에 자신의 안에서 많은 것들이 바뀌었음을 알았다. 한은 언제나 하늘 너머에만 관심이 있었다. 저 너머에 사는 사람들에 대해 알면 자연스럽게 자신이 어디에 위치했는지 깨닫게 된다고 믿었다. 하늘에 대해 알고 싶어서 분야를 가리지 않고 닥치는 대로 책을 읽었다. 그러나 자신이 딛고 서 있는 땅이 오뉴월이라는 사실이 이때까지

해왔던 노력을 물거품으로 만들었다. 저들이 공격성이 강하게 발현된 사람들이 아니라, 내가 공격성이 거세된 사람이라는 것. 한은 그 사실 때문에 모멸감을 느꼈다.

'나의 존재에는 큰 이유가 없다. 목적을 달성하기 위해 그들은 나를 오뉴월로 보냈다.'

눈을 감고 괴로워하던 한에게 단 하나의 순수한 궁금증만이 남았다.

'그래서 그 목적은 뭐지?'

한은 오뉴월이 존재하는 이유를 알아내기 위해서는 엘리베이터를 조사해야 한다고 생각했다. 엘리베이터가 남긴 구멍으로 모래가 쏟아져 내렸다. 모래 알갱이가 떨어지는 소리를 들어보니 바닥이 없는 구멍은 아니었다. 이 구멍은 엘리베이터를 설치하기 위해 기반을 다져놓은 흔적이었다. 한은 미리 준비한 손전등을 구멍 속으로 비추었다. 그때 커다란 진동이 한을 구멍 속으로 밀어 넣었다.

한순간에 어둠이 밀려왔다. 한은 자신이 구멍에 빠졌다는 것을 작은 원처럼 보이는 하늘을 통해 알아챘다. 구멍 속은 오랫동안 쌓인 모래 덕에 푹신푹

신했다. 한은 아무 데도 부러지지 않아서 다행이라고 생각했다. 안심도 잠시, 한은 자기 몸이 모래 아래로 꺼지고 있음을 느꼈다. 정체를 모를 진동이 계속해서 땅을 흔들었다. 모래는 차곡차곡 쌓이지 않고 중간에 빈틈을 남겨두었던 모양이었다. 진동이 계속되면서 모래가 빈 곳으로 회오리치듯 빨려 들어갔다. 한의 몸이 무겁게 가라앉으며 턱 바로 밑까지 모래가 들어찼다. 그 순간 한은 강렬하게 공포를 느꼈다.

'우리는 귀납을 잡아먹고 세상에 태어났다고 말했지만. 그래서 내일 무엇이 일어나도 놀랍지 않다고 말했지만. 나는 항상 무서워했구나. 나는 우리만 남은 행성이 무서웠고, 곧 닥쳐올 충돌이 무서웠고, 서리가 정지현과 친해질까 봐 무서웠어.'

한이 생각했다. 코끝을 모래 위로 힘겹게 내밀고 있는 사이 진동이 멎었다. 그러나 떨어지는 모래는 멈추지 않고 한을 완전히 덮어버렸다. 그때 한의 발끝에 동그랗고 매끈매끈한 무언가가 닿았다. 발로 그것을 툭툭 쳐보았는데, 단단히 고정되어 있어 발판으로 쓸 만했다. 한은 그 동그란 것을 발 오목한 곳에 맞추어 디뎠다.

　서리와 정지현이 엘리베이터 구멍으로 도착했다. 휠체어의 바퀴가 모래 속으로 푹푹 빠졌지만, 정지현은 속도를 늦추지 않고 빠르게 주변을 훑었다. 그러나 아무리 살펴보아도 서리는 한의 흔적을 찾을 수 없었다. 그러다 엘리베이터 구멍에서 새어 나오는 번쩍번쩍한 빛을 발견했다. 서리가 구멍 속으로 고개를 내밀어보니, 한이 손에 쥐고 있는 손전등에서 빛이 모래를 뚫고 나오고 있었다. 서리는 정지현을 소리쳐서 불렀다.

　"어떻게 꺼내지? 모래에 완전히 박혀 있어!"

　서리가 손을 뻗어보았지만, 손전등을 쥔 손까지 닿지 않았다. 정지현이 자기 상의를 벗어서 서리에게 쥐여주었다. 서리가 배를 깔고 누워서 한에게 상의를 늘어뜨렸다. 한이 손전등을 버리고 상의를 쥐었다. 그러나 서리의 힘으로는 모래와 한의 무게를 동시에 감당할 수 없었다.

　정지현이 엎드려 있는 서리의 발을 휠체어의 발판에 걸었다. 그리고 서리의 반대쪽으로 달렸다. 모래 때문에 바퀴가 헛돌면서 세 명이 동시에 구멍으로 빨려 들어갈 뻔했다. 정지현은 요동치는 휠체어의 팔걸이를 내리누르면서 중심을 잡았다. 서리는 자기 몸이 두 쪽으로 찢어지는 것 같은 고통을 느꼈지만, 손과 발 중에 아무것도 거두지 않았다. 한은 정수리부터 조금씩 모래 위로 솟구쳤다. 매끈한 셔츠가 손아귀에서 빠져나갈 때마다 한은 셔츠를 단단히 감아 잡았다. 마침내 한이 구멍 바깥으로 빠져나왔다. 한은 새빨개진 눈에서 눈물과 모래를 동시에 쏟아냈다. 서리는 한을 껴안았다.

"널 다시는 보지 못할까 봐 무서웠어."

서리가 말했다.

"나도."

한이 대답했다.

서리는 두려움이 지금 이 자리에 있는 세 명을 묶어주고 있음을 깨달았다.

셔츠를 손에 감아 당긴 바람에 한의 검지와 엄지 사이는 빨갛게 일어나 있었다. 상의를 쥐고 한은 정지현에게 다가갔다. 정지현은 한이 구멍에서 뽑혀나올 때 관성 때문에 바닥에 엎어져 있었다. 한은 휠체어부터 바로 세우고, 정지현의 어깨 밑으로 손을 넣어서 일으켰다. 둘 다 모래 범벅이었고, 정지현의 상체는 맨몸이었다.

"까끌까끌해."

정지현이 웃음기 섞인 목소리로 말했다.

한은 무슨 말을 해야 할지 몰라 모래알 섞인 눈물만 계속 흘렸다. 정지현이 휠체어에 앉은 후 한은 정지현에게 구겨진 상의를 다시 입혀주었다.

"네가 서리와 친해지는 게 싫었어. 그리고 네가 나쁜 사람일까 봐 무서웠어."

한이 말했다. 정지현은 그래, 하고 대답하며 한의 눈을 오래도록 바라보았다. 한도 이번에는 정지현의 시선을 피하지 않고 그대로 받아들였다.

세 명이 머리부터 발끝까지 모래를 뒤집어쓰고 터덜터덜 걸었다. 저 멀리 출입성 관리국이 보였는데, 이전과는 다른 모습이었다. 진동으로 인해 건물 주변에 쌓인 모래가 흩어지면서 지하층이 드러났다. 지하층의 문은 출입성 관리국 정문보다 훨씬 녹이 많이 슬어 있었다.

"여기는 뭐 하는 곳이야?"

서리가 정지현에게 물었다. 정지현도 지하로 가는
길이 있는지 몰랐다고 말했다.

"바로 여기야! 내가 계속 찾던 곳이야."

스피커 서리가 소리쳤다. 한이 만류했지만 서리는
문고리를 잡았다. 새빨간 녹은 접착제처럼 문과 문
틀을 딱 붙여버렸다. 서리는 문 옆의 벽에 발을 디디
고 발은 앞쪽으로, 문고리를 잡은 손은 몸쪽으로 당
겼다. 쩍 소리를 내며 문이 열렸다.

문 안쪽은 이동 수단의 조종석처럼 많은 버튼과
스크린이 설치된 공간이었다.

"좋아, 버튼이 있으면 식은 죽 먹기지."

서리는 아무 버튼이나 누르면서 빛이 들어오는지
확인하려 했는데, 한이 서리의 손을 잡아 공중으로
들어 올렸다. 정지현이 방 한 바퀴를 천천히 돌다가,
동그란 무언가를 넣을 수 있는 구멍을 발견했다. 구
멍 위에는 '스피커를 삽입하세요'라는 안내문이 붙
어 있었다.

"스피커 서리를 넣으라는 말일까?"

정지현이 말했다.

서리는 스피커 서리에게 혹시 들어가보고 싶냐고

물었다. 스피커 서리는 단호하게 몸체를 넣으라고 말했다. 서리가 스피커 서리를 구멍에 넣자, 스피커 서리는 물에 잠길 때처럼 천천히 기계 속으로 빨려들었다. 스크린이 파란빛을 내며 켜졌고, 정교하게 제작된 안내 음성이 울려 퍼졌다.

"오뉴월 관리 보조 시스템 작동합니다…."

"보조 시스템 같은 소리 하네. 난 아무도 보조 안 한다고!"

스피커 서리의 깊이를 알 수 없는 목소리가 안내 음성을 방해했다. 스크린에 파랗게 들어오던 빛이 정전기를 튀기면서 꺼졌다. 그리고 본 적 없는 사람이 스크린에서 걸어 나왔다. 그는 빛나는 은발 머리를 가졌으며 옷도 흰 천을 두르고 있었다.

'눈이 빠지도록 하얀 사람이야.'

서리가 생각했다.

"드디어 만나네."

스피커 서리가 서리에게 인사했다.

"네가 스피커 속에 들어 있던 존재야?"

서리가 물었다.

"그래, 내가 너희의 두 배하고도 몇 년 더 산 그

사람이다."

스피커 서리가 느긋하게 고개를 돌리면서 방을 둘러보았다.

"관리 시스템이 있는 건 알았는데 건물 지하에 있을 줄은 몰랐네. 등잔 밑이 어두웠어."

스피커 서리가 말했다.

"넌 대체 누구야?"

한이 물었다.

"나는 엘리베이터를 부순 사람이지."

스피커 서리가 말했다.

"오뉴월에 대해 알고 싶나?"

스피커 서리가 세 명을 내려다보았다. 그러고는 멋대로 영상을 재생하기 시작했다.

"이 영상은 내 기억에서 추출되었지. 너희들이 원하는 답이 담겨 있을지도 몰라."

기억이 재생되기 시작하자 초음파 영상처럼 흐릿하게 덩어리진 물체가 화면에서 피어났다. 덩어리들이 점점 쪼개지고 픽셀 하나 크기로 작아지면서 영상이 선명해졌다. 그리고 유리창을 깨는 것처럼 차갑고 갑작스러운 목소리가 재생되었다.

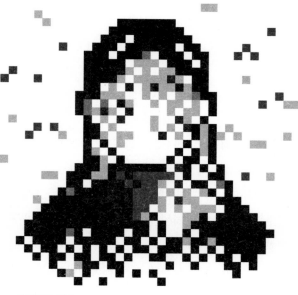

© LEE SU JUNG

4

파도를 휘몰고 다니는 생물은 누구일까. 누군가는 고래나 상어를 꼽겠지만, 바다에서 가장 큰 생명체는 사자갈기해파리다. 사자갈기해파리는 고래보다도 길다. 이 해파리는 약간 노란 빛을 띠고 마구 엉킨 실밥 같은 촉수를 가지고 있다. 촉수를 늘어뜨린다는 말이 가장 잘 어울리는 해파리다. 사자갈기해파리가 갓을 나풀거리며 위로 둥실 떠 오른다. 속이 꽉 찬 촉수가 물결까지 뽑아 올린다. 가는 길에 수챗구멍 같은 그물이 있어도 사자갈기해파리는 피하지 않는다. 촉수가 망에 얽히면, 그 망까지 이고 지고 멀리 떠난다.

✳

"아이를 돌보고 싶지 않아."

영상 속 '내'가 말했다. 떨어뜨린 시선 끝에 작고 동그란 생명체가 있었다.

"네 의무를 다해."

서리가 언젠가 설명 영상에서 보았던 정현희가 말했다.

"왜 우리에게 이런 일을 맡기는 걸까?"

'내'가 물었다.

"너희는 태생적으로 상냥하고 사람을 좋아하잖아. 이제 그만 삐죽대고 받아들여. 그 애 검사 결과는 나중에 서면으로 보내줄게."

정현희가 말했다. 그러고는 정현희는 '나'에게서 점점 멀어져 갔다.

지구는 공과 사를 엄격하게 분리하기 시작했다. 지구인들은 신경 쓰기 싫은 것을 쓰레기통에 던져 넣듯이 사(私)로 몰았다. 먹다 남은 과자의 포장지,

시럽이 끈적하게 묻은 행주, 아기의 울음 소리를 한 상자에 넣고 뚜껑을 닫았다. 보지 않으니 이를 견디는 힘도 약해졌다. 어떤 사람들은 청소년들이 걸어 다니는 소리에도 몸서리를 치기도 했다. 이런 불편함을 해소하고 양육의 효율성을 높이기 위해 사람들은 지구에서 분리된 공간을 만들기로 했다. 엘리베이터를 통해 오뉴월로 아이들이 도착하면, 오뉴월에서 근무하는 어그레스 음성 인간들이 아이들을 양육했다. 중학교까지 교육을 마친 아이들은 다시 엘리베이터를 타고 지구로 돌아갔다. 그러나 그중 어그레스 음성인 아이들은 지구로 돌아가지 않고 오뉴월에 남아 돌봄에 대해 배웠다. 사람들은 지구와 오뉴월을 순환하면서 수를 불려갔다. 지구인들은 아기 울음소리를 듣지 않아도 되어 행복했으며, 오뉴월인들은 다른 일에 신경 쓰지 않고 돌봄을 할 수 있어서 매우 효율적이었다.

"이 애도 음성이래."

'내'가 말했다.

"축하할 일이야. 기껏 힘들게 키웠는데 지구로 보내면 마음이 아프지 않니. 난 그래서 네가 음성이라

좋았다."

　나이가 지긋하고 얼굴에 주름이 서글서글하게 맺힌 사람이 의자에 위험하게 기대어 선 채 말했다.

　"나는 이번에 맡은 애 이름을 '한'이라고 지었어. 단 하나 할 때 '한'이야. 이번에도 한 글자 이름이지. 너는 뭐라고 할 거야? 네 첫 아이니까 신중하게 정해."

　그가 말했다.

　"서리."

　'내'가 간결하게 대답했다. 그는 '서리'라는 이름이 어떤 의미인지 물었다.

　"차갑고 강하게 크라고. 그리고 오뉴월을 나가라고 할 거야."

　'내'가 대답했다.

　"넌 왜 그렇게 오뉴월을 싫어해. 어쨌든 우리 고향인데."

　그는 항상 하는 말이라는 듯이 지루한 얼굴이었다.

　"여기에 있으면 나를 끊임없이 의심하게 돼. 벌써 며칠 봤다고 이 애한테 정이 들어. 그럼 내가 오뉴월에 적합한 사람이기 때문에 이 애를 사랑하게 되는 걸까. 아니면 이 애를 사랑하기 때문에 오뉴월에 남아야 하는 걸까. 내 감정 하나하나를 헤집어봐야 해. 그건 사람을 미치게 하지. 연, 너는 어때. 우리가 사랑하는 것이 과연 우리의 진짜 감정일까? 어그레스 음성인 사람은 그 넓은 포용력 때문에 주변에 있는 아무나를 사랑하게 되는 걸지도 몰라."

'내'가 말을 마치고 연을 바라보자, 그는 약간 화가 나 보였다.

"그런 식으로 생각하고 있었단 말이야? 그럴 바에는 아무도 사랑하지 마라."

그리고 이내 자리를 떴다.

"그래야 할까 봐."

'내'가 혼자 남은 방에서 중얼거렸다.

"또 연한테 이상한 소리 했지?"

말총머리를 묶은 사람이 '나'에게 핀잔을 주었다.

"기분을 상하게 할 의도는 아니었어. 강아, 네가 가서 좀 풀어줘."

'내'가 무릎에 머리를 파묻으며 말했다.

"어그레스에서 좀 벗어나. 오뉴월은 좀 답답하긴 해도 평화로운 곳이야. 잔디 냄새를 좀 맡고, 스트레

칭도 좀 하고."

강이 말했다.

"내가 원하는 세상을 죽기 전에는 볼 수 있을까?"

'내'가 물었다.

"네가 원하는 세상이 뭔데."

강이 되물었다.

"우리 셋이 한집에서 사는 거. 우리 셋만 있으면 내가 오뉴월인이라는 사실을 잊어버릴 수 있어."

'내'가 고민 없이 말했다.

강이 말없이 '내' 등을 쓰다듬다가, '나'에게 귀를 갖다 대라는 시늉을 했다.

"풀 죽은 너를 위해 재밌는 걸 알려줄게. 관리국을 청소하다가 봤는데, 관리국장이 문단속을 허술하게 하더라고."

강이 속삭였다.

"정현희의 방에 가봐."

'내'가 정현희의 방에 몰래 들어갔다. 과거에도 여러 번 그랬는지 문고리를 따는 모습이 꽤 자연스러웠다. 방에는 정현희가 지구와 교신한 자료가 가득 쌓여 있었다. 이번에 도착한 아이들의 유전자 검사 결과지도 있었다. 한과 서리는 어그레스 음성이었다. 분명 두 장이어야 하는 검사 결과지에 마지막 한 장이 더 있었다. 결과는 양성을 나타냈다. '나'는 그것을 들추는 듯 마는 듯하다가, 방 한구석에 딸린 작은 쪽방을 발견하곤 들어갔다. 거기에는 다리가 팔에 비해 왜소한 아기가 누워 있었다. '나'는 그 아이에게 손가락을 내밀었고, 그 애는 강한 힘으로 '내' 손가락을 붙잡았다.

"누가 내 방에 들락날락 하나 했더니 너였구나."

정현희가 '나'의 뒤에서 나타났다.

"애를 몰래 숨겼네. 지구 쪽에서 알면 아주 좋아하겠어."

'내'가 정현희에게 말했다.

"그 애는 다리가 말썽이야. 지구는 신경 안 쓸걸."

정현희가 태연하게 말했다.

"그럼 내가 당장 까발려보지. 어떻게 나오는지 한번 보자고."

'내'가 지구와의 교신 기구로 다가가는 시늉을 했다.

"됐어, 지구에는 알리지 마."

정현희가 '나'의 어깨를 붙잡아 멈춰 세웠다.

"얘기를 한번 들어나보고 생각해보지."

'내'가 거만하게 말했다.

정현희가 발끝으로 바닥을 지근거리기 시작했다.

"지구는 지금 전쟁으로 정신이 없어. 같은 곳에 두 번이나 핵폭탄을 떨어뜨려서 반도가 섬으로 분리된 곳도 있어."

정현희가 말했다.

"그게 우리랑 무슨 상관이야. 지구인들이 전쟁을 하루 이틀 해?"

'내'가 무심하게 말했다.

"문제는 오뉴월에 쓸 돈을 돌려서 총력전에 쏟아붓고 있다는 거야. 이제는 어그레스 양성이어도 몸에 문제가 있으면 지구로 돌려보낼 수 없어. 당장 전력이 되지 않으면 필요 없다는 거야."

정현희가 말했다.

"그래서?"

'내'가 물었다.

"이 애는 폐기 처분될지도 몰라. 원래는 오뉴월에 있는 요양 시설에서 여생을 보낼 수 있었겠지만, 지구는 오뉴월의 요양원부터 닫고 있어. 넌 오뉴월에서 폐기 처분이 어떻게 일어나는지 알아?"

정현희가 '나'에게 물었다. '나'는 고개를 저었다.

"모르면 됐어. 이 아이는 여기를 나가면 죽어. 존재를 들켜서도 안 돼. 오뉴월은 이 아이를 위해서라도 꼭 필요한 곳이야. 넌 이해심이 많고 상냥하니까 알 거야. 나를 도와줘."

정현희가 마지막에는 거의 애원하듯이 말했다.

"나에게 상냥함을 바라지 마."

'나'는 퉁명스럽게 말했다. 앞으로 두고 보겠다는 말을 남기고 '나'는 정현희의 방에서 나왔다. 정현희는 밖으로 나가는 '나'를 걱정스럽게 쳐다보았다.

햇빛이 찬란하게 빛나는 날이었다. '나'와 강과 연이 방에 모여 앉아 있었다. 강의 손에는 까맣고 동그랗고 그물망에 싸여 있는 물체가 들려 있었다.

"이건 뭐야."

'내'가 강에게 물었다.

"인공지능 스피커래. 요새 정현희 방에서 자주 보이더라. 편하다고 해서 하나 몰래 가져왔지."

강이 스피커 모서리에 붙어 있는 전원을 꾹 눌렀다.

"안녕하세요, 당신의 일을 도와드릴 도우미입니다. 제 이름을 지어주세요."

강은 신기해하며 음성 인식 버튼을 눌렀다. '나'는 목소리가 꺼림칙하다며 저리 치우라고 손을 휘저었다. 강은 아랑곳하지 않고 인공지능 스피커를 아기 침대의 오목한 곳에 넣었다. 아기가 올 때마다 침대가 자동으로 흔들거렸다. 인공지능 스피커가 마음을 차분히 하는 오르골 소리도 재생해주어 아기가 쉽게 울음을 그쳤다. 연이 그것참 신통하다며 인공지능 스피커를 쓰다듬었다.

"이게 있으면 너도 새벽에 깨지 않고 잘 자겠구나."

연이 '나'의 머리카락을 쓰다듬으며 말했다.

"지금 뭐 하는 거야?"

어느새 나타난 정현희가 침대에 꽂혀 있는 스피커를 거칠게 낚아챘다.

"이게 무슨 물건인지도 모르면서 함부로 가져가!"

정현희가 강에게 꾸중했다. '나'는 강을 뒤로 보내면서 정현희의 앞에 섰다.

"왜 이렇게 성을 내."

정현희는 '나'의 물음에 대답하지 않은 채로 몸을 획 돌려서 방을 빠져나갔다.

어느 날 밤, 강이 자는 '나'를 급하게 깨웠다.
"야, 일어나봐. 정현희가 좀 수상해."
강이 말했다.
"무슨 일이야."
'나'는 비몽사몽한 목소리로 말했다. 강은 지구에서 정현희에게 보내온 문서를 보여주었다. '나'는 잠에서 막 깨어 흐리멍덩하게 보이는 눈을 마구 비볐다. 문서의 제목은 '인공지능 스피커에 삽입할 데이터 추출의 건'이었다. 내용은 다음과 같았다.

— 실험을 통해 인간의 의식을 인공지능 스피커 형태에 담는 것에 성공했음.
— 인공지능 스피커는 다른 기계들과 상호작용하여, 사용자 경험을 개선할 수 있음.
— 어그레스 음성 인간의 데이터를 사용했을 때, 인공지능 스피커의 감정 지능과 배려심이 높아졌으며, 이는 사용자의 만족으로 이어졌음.

— 이에 나이가 많아 보육의 효율이 떨어진 어그레스
음성 인간의 의식을 인공지능 스피커에 이식할 것을
강력하게 권고함.

'나'의 시선은 자연스레 인공지능 스피커가 꽂혀
있던 아기 침대로 옮겨 갔다. '나'의 옆에서 자고 있
어야 할 연이 보이지 않았다.

"연은 어디 갔지?"

'내'가 물었다. 강은 아무 말도 하지 않고 '내' 손
을 잡아 이끌었다.

새벽 어스름이 내려앉은 복도에 관리국장의 방에
서 새어 나온 빛만 선명했다. '나'와 강은 국장실 문
옆에 쪼그려 앉아 안을 엿보았다. 정현희가 방 안을
불안하게 왔다 갔다 했다. 정현희는 구두 앞 코를 바
닥에 내려찍고, 뒷발을 지근지근 돌렸다. 국장실 바
닥에 침대같이 생긴 기계가 설치되어 있었다. 연의
목소리가 방 안쪽에서 조곤조곤 울려 퍼졌다. '나'는
당장에 자리를 박차고 국장실로 뛰어들었다.

"연을 스피커로 만들 셈이야?"

'나'는 정현희의 멱살을 잡고 흔들었다. 연은 갑자

기 튀어나온 '나' 때문에 깜짝 놀라 주저앉았다.

"스피커라니 무슨 소리니. 정현희네 아기가 아프
다고 해서 온 거야."

연이 말했다. 어느새 따라 들어온 강이 연을 부축
했다.

"정말이야?"

'내'가 정현희에게 물었다. 정현희는 손을 떨며 입
술을 꾹 깨물었다.

"네 입으로 똑바로 얘기해."

'내'가 정현희에게 재차 요구했다. 정현희는 연이
듣는 곳에서 이야기할 수 없다며 강에게 연을 데리
고 나가라고 말했다. '나'도 강에게 고개를 끄덕였고,
강은 연과 관리국장실을 빠져나갔다.

"지구에서 계속 표본 스피커를 보내왔어. 이제 일
을 수월하게 할 수 있다면서. 그리고 얼마 전에 이
기계가 엘리베이터를 타고 이곳에 도착했어."

정현희가 떨리는 목소리로 말하며 방 한구석에
놓인 기계를 가리켰다.

"이게 인공지능 스피커를 만드는 기계야. 여기에
사람이 누우면, 그의 의식은 머리에 연결된 전선을

타고 나가며 문자로 변해. 그 문자가 프로그램 코드로 사용되어 이 기계에 담겨."

"누워 있던 사람은 어떻게 되지?"

'내'가 물었다.

"몸에서 기계로 의식을 옮겼으니, 몸은 더는 살아 있지 않아. 기계 속에서 살아 있어."

정현희가 답했다.

"그 사람이 살아 있다고 어떻게 단정할 수 있어? 어제 본 스피커는 온종일 거지 같은 오르골 음악만 틀었어!"

'내'가 벌컥 화를 냈다.

"왜 하필 연이야?"

내가 정현희에게 물었다.

"제일 나이 많은 사람부터래. 할당을 채우지 못하면 감사가 내려올 거고. 그러면 지현이를 들킬 거야." 정현희가 체념한 듯이 말했다.

"지현이. 아주 제 새끼만 중요하고 다른 사람은 안중에도 없지. 넌 완전 지구인이야. 머리끝부터 발끝까지!"

'내'가 소리쳤다.

"나도 어떻게 해야 할지 모르겠어!"

정현희가 따라서 목소리를 높였다.

"말을 안 들으면 어쩔 건데. 여기서 쓰는 전기, 먹는 밥, 마시는 물은 다 저쪽에서 넘어오는 거야. 다 끊기면 여기서 고립되어 죽는 수밖에 없어!"

정현희는 목이 다 갈라지도록 소리 질렀다.

"넌 오뉴월이 어찌 되었든 존재해야 한다고 했지. 그건 틀렸어."

"정지현은 너 같은 보호자를 둔 걸 부끄러워할 거야."

'내'가 쪽방을 가리키며 말했다. 정현희는 소리를 너무 질러서 어지러운지 책상에 기대어 섰다.

"지금부터 엘리베이터로 사람들을 조금씩 빼낼 거야. 지구는 크니까 우리끼리라도 모여서 살 데가 어디든 있겠지. 네가 협조해. 정지현은 네가 지구에서 키워."

정현희는 대답을 망설였다.

"스피커에 대해 다들 알게 되면 정지현이 살기 아주 쉬워지겠네."

내가 비꼬듯이 덧붙였다. 정현희는 마지못해 고

개를 작게 끄덕였다.

'내'가 오뉴월 사람들에게 스피커에 관한 이야기를 퍼뜨렸다. 당장 오뉴월을 나가겠다는 사람들과 그래도 오뉴월에 남아 있고 싶어 하는 사람들이 섞여 있었다. 연은 후자였다. 연은 태어나서 한 번도 가본 적 없는 지구라는 행성에서 살아갈 자신이 없다고 말했다. '내'가 연의 어깨를 붙잡고 '그럼 저 스피커에 갇혀서 영원히 살 자신은 있냐'며 다그치자, 연은 아니 그건 아니라면서 어물거렸다. 강도 마찬가지로 얼굴에 걱정이 어렸다.

"우리가 정신을 똑바로 차려야 한다. 물 밖에 나간 물고기 꼴이 되지 않으려면."

'나'는 강에게 말했다.

중학교를 마친 지구인이 엘리베이터를 타고 졸업할 때, 나이가 어린 오뉴월 사람이 같은 교복을 입고 그 안에 섞였다. 그들은 지구의 출입성 관리국에 정현희가 위조해준 유전자 검사 결과지를 제출했다. 오뉴월에서 지구로 물건을 보낼 때, 사람을 넣은 상

105

자를 섞기도 했다. 지구에서는 정현희에게 스피커를 만들 것을 계속 요구했고, 정현희는 스피커 제작기가 제대로 작동하지 않는다며 회피했다.

지구에서는 정현희를 압박하기 위해 또 다른 스피커 제작기를 보냈는데, '나'는 그것을 엘리베이터 옆에 두고 포장도 풀지 않았다. '나'는 정현희가 얼기설기 코딩한 스피커를 눈속임으로 보내자고 말했다. '나'는 오뉴월인이 상자의 가장 밑에 누우면 그 위를 완충재와 스피커로 가렸다. 정현희는 이것은 너무 큰 도박이라며 반대했지만, '나'는 다른 방법이 없다며 일단 내보내는 수밖에 없다고 강행했다.

오뉴월인 한 명이 오뉴월 아이 하나를 데리고 상자 속으로 들어갔다. 정현희는 지구의 출입성 관리국과 계속 교신하면서, 택배 검역 일정, 관리국 휴일, 근무 중인 관리 인원에 대한 정보를 수집했다. 그리고 가장 적절한 때에 적절한 인원을 엘리베이터로 올려보냈다. '나'도 그 택배 속에 숨어 함께 지구의 출입성 관리국에 도착했고, 관리국 직원의 눈을 피해 상자에서 사람을 꺼내 밖으로 보냈다. 그리고 다시 지구에서 오뉴월로 가는 상자에 몸을 숨겨 오뉴월로 돌아오기를 반복했다. 어느 날은 아이들을 올려보낼 방법이 마땅치 않아, 오뉴월에 전염병이 퍼졌다고 지구에 거짓말을 했다. 아직 병에 걸리지 않은 아이들을 잠시 지구의 출입성 관리국에 격리시켜달라고 말했고, 침대와 함께 아이들을 올려보냈다. 침대 밑에는 오뉴월 사람이 한 명씩 매달려 따라갔다.

그날은 연과 강이 나갈 차례였다. 열심히 아이들을 올려보냈으나, 간신히 걷는 아이들이 세 명 정도 남았다. 연은 자신이 나갈 때 그 아이들을 다 데리고 가고 싶다고 말했다. 그러면 남는 아이는 한과 서리, 그리고 정지현뿐이었다.

"목을 못 가누는 아이들은 너희가 마지막으로 챙겨오거라."

연이 말했다. 정현희는 연에게 자기 제복을 넘겨주었다.

"위에 도착하면 너는 오뉴월 출입성 관리국 국장 정현희가 되는 거야. 이 애들은 원래 어그레스 음성인 아이들이었는데, 최근 검사에서는 양성이 나왔다,

뭔가 이상이 있는 것 같으니 더 정밀한 검사가 필요하다고 요구해. 그럼 애들과 널 심문실에 넣어둘 거야. 먼저 나간 애들이 활로를 확보해놓았다고 하니, 그 애들과 접촉하면 안전하게 빠져나갈 수 있어."

정현희가 계획을 설명했다. 연은 정현희의 계획을 기억하는 게 어려운지 계속 다시 설명해달라고 말했다.

"연은 말을 많이 하지 마. 서류를 똑바로 보여주기만 하면 돼."

'내'가 말했다. 강은 연이 실수하면 자기가 어떻게든 하겠다며 '나'를 안심시켰다. 강이 손을 내밀었고 '나'는 악수하듯이 그 손을 잡았다.

"지구에서 보자."

강이 말했다. 연과 강이 엘리베이터에 아이들과 함께 탔다. 연은 목 끝까지 잠기는 셔츠가 불편한 듯이 계속 깃을 만지작댔다.

"너희가 무사히 나가면 우리도 바로 나갈 거야."

'내'가 말했다.

"그래, 알았다."

연이 말했고, 강이 엘리베이터의 닫힘 버튼을 눌

렸다. 엘리베이터의 문과 통로는 온통 투명해서 '나'는 연과 강이 올라가는 모습을 끝까지 지켜볼 수 있었다. 강은 엘리베이터에서 쭈그리고 앉아 '나'를 향해 계속 손을 흔들었다. 연이 신고 있던 구두 밑창이 점처럼 멀어지자 '나'는 등을 돌려 걸어갔다.

유리 통로를 타고 구두가 위에서 아래로 천천히 떨어졌다. 유리 통로에 엘리베이터는 없이 물체만 떠도는 모습이 생소하게 느껴졌다.

"이게 왜 떨어지지?"

'나'는 혼잣말로 말했다. 그리고 오랜 시간이 걸리지 않아 연이 통로에 나타났다. '안녕' 하고 인사하듯 연이 손바닥을 넓게 펼쳤다. 유리 통로에 연이 손바닥을 갖다 대 보였다. 손가락과 손바닥의 볼록한 살이 납작하게 눌렸다. 연이 손바닥이 뗀 곳에는 뿌옇게 지문 자국이 남았다. 연과 '나'의 시선이 얽혔다. 하얗게 센 머리카락들이 마구 헝클어지며 연의 눈을 가렸다. 연은 '내'가 있는 곳보다 아래로 침전했다. 구두를 한 짝만 신은 연의 두 발이 마지막으로 가라앉았다. '나'의 시야도 안개가 낀 듯 중심부터 하얗게 물들었다.

어느새 '나'는 손톱이 빠지도록 유리 통로의 문을 손으로 긁고 있었다.

"열어! 열어!"

찢어지는 목소리는 다름 아닌 '나'의 것이었다. 그러나 문은 꿈쩍도 하지 않았다.

"너 뭐 하는 짓이야."

어느새 달려온 정현희가 '나'를 엘리베이터에서 떨어뜨리려 했다.

"문 열어, 연이 빠졌어!"

'나'는 정현희의 손을 뿌리치고 다시 엘리베이터에 달라붙었다.

"안 돼. 지금은 못 열어."

정현희가 거절했다.

"씨발, 네 애고 나발이고 다 죽여버리기 전에 빨리 열어!"

'내'가 절규했다. 정현희가 들고 있던 교신기에서 찌지직거리는 소리가 흘러나왔다.

"오뉴월에서 무단 이탈자 발생. 관리자가 지금 오뉴월로 출발함."

정현희가 '나'의 어깨 밑으로 손을 끼워 넣어 뒤

로 당겼다.

"네가 이러고 있으면 못 열어. 뒤로 빠져!"

정현희가 말했다. 그러고는 '나'를 끌고 출입성 관리국 쪽으로 힘겹게 발을 옮겼다. 지구 쪽에서 엘리베이터가 출발했다는 교신이 들리자, 정현희는 '나'를 놓고 관리국으로 빠르게 뛰어갔다. 잠시 후, 유리 통로의 문이 열리기 시작했다. 커다랗게 웅웅거리는 소리가 '나'를 덮쳤다.

살짝 열린 문틈이 오뉴월의 공기를 들이마셨다. 문이 아가리를 크게 벌리면서 주변에 널린 사물을 집어삼켰다. 통로는 흙과 바위를 먹었다. 그리고 새벽에 '나'와 정현희가 타고 갈 택배를 먹었다. 택배가 찢어지며 스피커 뭉치가 통로로 쏟아져 나왔다. 스피커는 엄청난 굉음을 자신을 부르는 소리로 착각하고 '예? 잘 못 들었어요'를 반복했다. 동그란 스피커가 유리 통로의 내벽에 부딪히면서 통통 소리가 났다. 통로의 문이 최대로 열리자, 유리 통로 옆에 놓아둔 스피커 제작기가 움찔거리더니 통로 쪽으로 조금씩 움직였다.

지구인들이 타고 오는 엘리베이터가 저 멀리서

보였다. 엘리베이터 밑바닥으로 수십 개는 되는 지구인의 다리가 보였다. '나'는 다가오는 엘리베이터와 연이 사라진 구멍을 번갈아 쳐다보았다. 엘리베이터 바닥은 구멍과 꼭 맞는 크기였다. 그 둘의 교합은 과일 착즙기의 손잡이와 몸체가 맞춰지는 모양이었다. '나'는 스피커 제작기를 어깨로 밀기 시작했다. 스피커 제작기가 유리 통로에 가까워질수록 바닥에서 조금씩 떴다. '나'는 종이배를 물 위에 띄우듯이 스피커 제작기를 밀어 보냈다. 스피커 제작기가 유리 통로로 진입하다가 통로 안에 끼었다. 스피커 제작기가 통로의 폭보다 약간 더 길었기 때문이다. 통로 안에서 바위 같은 물체들이 스피커 제작기를 계속해서 치고 지나가며 충격을 가했다. 스피커 제작기에 직접 맞닿은 유리 통로부터 잘게 금이 갔다. 금은 점점 커지다가 한 가닥은 벼락처럼 오뉴월의 지면에 내리꽂혔다. 다른 한 가닥은 엘리베이터보다 빠르게 지구를 향해서 솟구쳤다. 유리 통로의 둘레에 금이 빽빽하게 그어졌고, 어느 순간 유리 통로는 원통형의 모양을 잃어버리기 시작했다. 유리 통로는 한 조각씩 흩날리는 눈송이가 되었다. 오뉴월에 유리 조각이 내렸다. '나'는 손바닥을 펼쳐서 가루를 잡아보았다. 손금 사이로 반짝이는 조각이 달라붙었다. '내'가 주먹을 쥐어서 흔들어보니 잘그락거리는 청아한 소리가 났다. 세상이 전부 얼어붙은 듯 새하얀 유릿가루가 소복하게 쌓였다.

"이건 내 책임이야."

정현희가 정신이 나간 것처럼 말했다.

"그 시간대에는 관리인이 없는 줄 알았는데. 근무표가 바뀐 걸 왜 미리 알지 못했지?"

정현희가 발을 지근거리다 못해 신발의 고무 밑창이 조금씩 뜯겨나갔다. 연은 손쓸 틈도 없이 엘리베이터에서 내리자마자 정체를 들켰다.

"이제 돌이킬 수 없어."

'내'가 고저가 없는 목소리로 말했다. 엘리베이터는 산산조각이 났고, 오뉴월은 천천히 기울어진다.

"이제 우리가 할 수 있는 게 뭐지?"

'내'가 정현희에게 물었다.

"매뉴얼에 따르면…."

정현희가 여러 번 외운 내용을 쏟아내듯이 말했다.

"오뉴월에 심각한 문제가 발생하여 업무를 수행할 수 없는 경우, 관리자는 화로의 작동을 중지해야 한다. 화로를 멈추면 행성은 차갑게 식고, 부품은 자동으로 해체되어 오뉴월은 작은 코어만 남아. 지구에 빌까? 매뉴얼대로 하고 우리를 살려달라고. 그들이 지현이까지 살려줄까?"

정현희의 목소리가 덜덜 떨렸다.

"그보다 더 좋은 방법이 있어."

내가 정현희의 말을 중간에서 잘랐다.

"화로를 폭발시켜. 그리고 오뉴월 파편을 지구에 갖다 박아."

'나'의 말에 정현희는 손으로 이마를 감쌌다.

"그건 자살하자는 얘기야. 이미 지구로 보낸 사람들도 같이 죽자는 거야?"

정현희가 자리에서 일어나며 말했다.

"아니, 죽자는 게 아니라 지구를 부수자는 거야. 이미 엘리베이터가 저 지경이 되었는데 지구가 우리를 도와줄 것 같아? 이제는 오뉴월에 고립되어 죽음을 기다릴 뿐이지. 그럴 바에는 차라리 지구에 떨어지겠어. 연도 그걸 바랄 거야."

‘내’가 말했다.

"당장 지구에서 도움이 오지 않아도 괜찮아. 비축
해둔 자원이 있긴 해. 이제 사람도 얼마 안 남았으니
까 생각보다 오래 버틸 수 있어."

정현희가 말했다.

"구질구질하게 버텼는데도 도움이 오지 않으면?
지금 죽나 그때 죽나 뭐가 다르지?"

‘내’가 의자에서 일어나며 말했다.

"그건 우리끼리 결정할 문제가 아니야. 남은 아이
들 의견도 들어야지. 그래서 기다리자는 거야. 지금
은 그 아이들에게 선택권이 없으니까."

정현희가 말했다.

"그 애들도 오뉴월이 어떤 곳인지, 지구가 뭐 하는
놈들인지 아는 순간, 오뉴월을 갖다 박고 싶어서 못
배길걸?"

‘나’는 정현희와 코끝이 거의 닿을 거리까지 몸을
바짝 붙였다.

"화로를 어디에서 제어할 수 있는지 말해."

‘내’가 요구하자 정현희의 눈동자가 크게 흔들렸다.

"찾아봤자 소용없어. 내 목소리가 있어야 작동하

거든."

정현희가 말했다.

"말할 수밖에 없을걸."

'나'는 정현희의 목 뒷덜미를 잡고 방 한구석에 있던 구형 스피커 제작기로 다가갔다. 그리고 정현희의 머리를 기계로 들이밀었다.

"날 스피커로 만들어서 네 분이 풀린다면 그렇게 해."

정현희가 눈을 꼭 감고 말했다.

"대신 아이들이 선택할 수 있을 때까지 기다려. 우리에겐 그 애들을 빼놓고 결정할 권리가 없어."

정현희의 말이 끝나자 '내'가 연극적으로 고민하는 척을 했다.

"생각해볼게. 관리 시스템이 어디 있는지만 말해."

'내'가 말했다. '내'가 정현희의 목덜미를 잡은 손의 힘을 뺀 순간, 정현희가 '나'의 발을 걸어 중심을 잃게 했다. '나'의 몸이 기우뚱하자, 그 방향에 힘을 실 듯이 정현희가 '나'의 몸을 밀었다. '나'는 제작기의 푹신한 쿠션에 코를 박았다. 정현희가 재빠르게 제작기의 유리 뚜껑을 덮었다. 나는 발로 유리 뚜껑을 찼다. 뚜껑이 덜거덕거려 정현희가 몸으로 뚜껑을 눌렀다.

"열어, 지금 당장!"

'내'가 마구 악을 썼다.

"조금만 머리를 식혀! 아이들과 같이 살 방법을 찾을 수 있을지도 몰라."

정현희가 다시 '나'를 설득하려 했다.

"그건 이제 아무런 의미가 없어. 내가 원하는 세상은 이제 오지 않을 테니까."

내가 말했다.

"네 선택이 그렇다면 나도 어쩔 수 없어."

정현희가 스피커 제작기에 붙어 있는 버튼을 조작했다. 정현희가 기계를 작동시키자, 기계 내부는 정체를 알 수 없는 뿌연 기체로 가득 찼다.

"나는 지현이가 조금이라도 더 살았으면 좋겠어. 나도 책임을 질 거야. 나도 스피커가 될게."

'나'는 눈을 감지 않으려 애썼다. 마지막으로 본 정현희의 얼굴은 눈물범벅이었다.

5

해파리는 물이 무엇인지 알까. 서리는 오뉴월이
무엇인지 몰랐다.

*

하나의 픽셀이 주변 픽셀을 잡아먹으며 영상이
흐릿해졌다. 뭉친 덩어리가 커지고 흑백으로 바뀌며
화면은 완전히 어두워졌다. 화면에 다시 스피커 서
리가 나타났다.

"정현희는 날 스피커로 만들어놓고 자신도 스피
커가 되었지. 그리고 여러 기계를 움직이면서 너희

들을 키웠어."

스피커 서리가 말했다. 서리는 학교와 출입성 관리국 안에서 분주하게 움직이던 기계들을 떠올렸다.

"너희들은 오뉴월이니 지구니 하는 정보에서 완전히 차단되었지. 쓸데없는 짓이야. 어차피 언젠가는 알게 될 거였는데. 오히려 너희는 배신감만 들었어. 그렇지 않나?"

스피커 서리가 서리에게 물었다. 서리는 스피커 서리의 말에 제대로 대답할 수 없었다. 영상에 나온 정보들을 정리하는 데만 해도 많은 신경을 써야 했기 때문이다.

"스피커로서 가장 처음 했던 일은 이름을 받는 것이었지."

스피커 서리가 말했다. 스피커 서리는 모든 스피커는 이름을 받아야만 작동할 수 있다고 했다.

"그건 사용자에게 완전히 종속된다는 뜻이야. 그런데 너희가 서리라는 이름을 줘서 좋았어. 서리는 원래 내가 지은 이름이잖아. 그럼 내가 내 이름을 지은 것이나 다름이 없지. 차갑고 강한 이름. 너에게도 그런 힘이 있지, 서리야."

스피커 서리가 말했다.

"화로를 터뜨려."

스피커 서리가 화면에 여러 창을 띄웠다. 오뉴월에는 에너지가 많이 남지 않아 보였다. 이번에 지구에서 오뉴월로 날린 무인 우주선 때문에 화로가 영향을 받아 자원 고갈이 더욱 가속화되었다.

"어차피 가만히 둬도 오뉴월은 지구와 충돌해. 아무것도 하지 못한 채로 죽어줄 수 있어? 우리가 해야 할 일은 화로를 폭파해서 오뉴월을 큼지막하게 조각내는 거야. 그 조각들이 빠른 속도로 지구로 날아가겠지."

스피커 서리가 말했다.

"그건 싫어."

서리가 말했다. 한은 서리의 목소리가 한 번도 들어본 적 없는 단호함을 담고 있어 놀랐다.

"왜 싫지? 이유를 대봐."

스피커 서리가 서리에게 요구했다. 서리는 곰곰이 생각해보았다. 스피커 서리가 틀어준 영상을 보고 서리도 내면에서 화가 끓어올랐다. 스피커 서리는 결국 셋이서 함께 살자는 소망을 이루지 못했다. 서리도 같은 꿈을 가졌기 때문에 스피커 서리의 감정을 조금이나마 느낄 수 있었다. 지구에서 보낸 우주선 때문에 한이 모래에 파묻혀 죽을 뻔했던 일도 떠올랐다. 심지어 지구의 커뮤니티는 우주선이 오뉴월을 향할 때 손뼉을 치면서 환호했다.

"화로를 터트려서 오뉴월을 지구에 충돌시키면 안 되는 이유는…."

서리는 논리정연한 이유를 말할 수 없어 어물거렸다.

"네가 망설이는 이유를 알려줄까? 네가 어그레스음성 인간이라서 그런 거야. 함부로 남에게 칼날을 겨눌 수 없게 만들어졌지. 그걸 깨고 나와야 해, 나처럼. 쉽지 않겠지만 할 수 있어. 너도 서리라는 이름을 가지고 있으니까."

스피커 서리가 말했다. 서리는 자신이 우유부단하고 남을 잘 믿는 것이 정말 유전적인 이유 때문일지 궁금해졌다.

'내가 태어난 세계, 만난 사람, 그리고 홍해파리를 사랑하는 마음이 전부 단순한 유전자 조각에서 비롯된 일이라면….'

서리는 금방이라도 울음이 나올 것 같은 기분이 들었다.

"아아, 내 목소리로 작동이 될까?"

정지현이 갑자기 화면을 향해 말하기 시작했다. 정지현이 시험 삼아 화로를 조작하고 싶다고 말하자, 화면에 여러 개의 창이 떴다. 정지현은 화로의 온도를 높일 수도, 줄일 수도 있었으며, 화로의 전원을 끄거나 폭발시킬 수도 있었다.

"정현희가 내 목소리를 등록해두었을 줄 알았지."

정지현은 어떠냐는 듯이 스피커 서리를 향해 시선을 던졌다. 스피커 서리는 화면에 보이는 창을 자신이 조작해보려고 손을 갖다 대었다. 그러나 같은 차원에 그려진 평행선처럼 스피커 서리는 화면에 아무런 영향을 줄 수 없었다. 스피커 서리는 다급하게 정지현에게 말을 걸었다.

"너도 네가 어떤 취급을 받았는지 똑똑히 봤지? 넌 그 다리 때문에 지구로 가면 죽은 목숨이었어. 어떻게든 살려보려고 정현희는 널 좁은 방 안에 숨겨서 키웠지. 넌 지구에 네 시간을 박탈당한 거야. 그 시간이 아깝지 않아?"

스피커 서리가 정지현에게 묻자, 차가운 대답이 돌아왔다.

"그렇게 전전긍긍하면서 날 설득할 필요 없어."

곧바로 정지현은 시스템에 관리자를 변경하고 싶다고 말했다. 시스템은 누구에게 관리자 권한을 주겠냐고 물었다. 정지현은 서리를 가리켰다. 서리가 어, 하고 놀라자, 그 짧은 어절을 통해 음성 등록이 완료되었다는 알림이 떴다.

"왜 나에게 권한을 넘겼어?"

서리가 정지현에게 물었다.

"네가 하는 선택을 믿을 수 있어서."

정지현이 말했다.

"나는….."

서리는 자신이 없는 어투로 말끝을 흐렸다.

스피커 서리는 머리를 감싸 쥐었다. 연이 엘리베이터 통로 속으로 모습을 감췄을 때 스피커 서리가 느낀 절망은 10년의 세월을 거쳤음에도 흐려지지 않았다. 스피커 서리의 기억이 화면에 산발적으로 펼쳐지기 시작했다. 어린 서리가 침대에 누워서 스피커 서리를 쳐다보는 장면, 유리 엘리베이터가 가루가 되어 흩날리는 장면, 연을 올려보내기 전 마지막 배웅을 하는 장면이 섞여서 재생되었다. 기억 속에 등장하는 사람들의 얼굴에 희뿌연 김이 끼었다. 스피커 서리는 이제 정현희가 자신을 스피커 제조기에 처넣을 때, 울었는지 웃었는지 분간하지 못했다. 스피커 서리는 연을 올려보낼 때 마지막까지 보였던 구두 밑창은 기억했지만, 연의 얼굴은 떠올리지 못했다. 스피커 서리의 기억이 조각남과 동시에, 관리 시스템이 있는 방의 조명이 깜빡거렸다. 관리 시스템의 화면도 불안정하게 지직거렸다. 한이 예감이 좋지 않다며 정지현에게 도망갈 준비를 하라고 속삭였다. 정지현은 휠체어의 바퀴를 굴려 뒤로 슬금슬금 물러났다. 그러나 서리는 스피커 서리에서 눈을 떼지 못하고 있었다.

"아직 너에게 설명할 말이 부족해."

서리가 스피커 서리에게 말했다.

"조금만 더 나에게 시간을 줘. 어떻게든 결론을 가지고 올게."

스피커 서리는 그 말을 들은 척도 하지 않았다.

"그건 모두 시간 낭비야. 지구는 곧 두 번째 우주

선을 보낼 거야. 지금 당장 여기서 결론을 내."

스피커 서리가 눈을 깜빡이지도 않고 서리를 뚫어져라 쳐다보았다. 동시에 서리가 들어왔던 문이 녹가루를 흩뿌리며 닫히기 시작했다. 서리가 무어라 대답하기도 전에 한이 서리의 손목을 잡았다.

"일단 나가자!"

한이 이끄는 대로 몸을 움직이면서도, 서리는 스피커 서리의 시선을 피하지 않았다. 정지현이 문틈 사이로 휠체어 바퀴를 끼워 넣고 있었다.

"빨리 와!"

정지현이 다급하게 손을 흔들었다. 정지현이 지탱해준 덕분에 서리와 한이 차례대로 빠져나갈 수 있었다. 둘은 젖 먹던 힘까지 다해 문을 잡아당겼고, 문 무게가 둘에게로 옮겨 간 사이 정지현도 빠져나왔다. 출입성 관리국 안에서 멈췄던 기계들이 다시금 움직이기 시작했다. 서리는 창문을 통해 기계들이 움직이는 모습을 볼 수 있었다. 커튼이 정신없이 열렸다가 닫혔고, 안내 로봇이 길을 잃은 듯이 앞으로 가다가 돌연 뒤로 돌았다. 공기 청정기가 경사로에서 빠르게 굴러 내려오다가 날 듯이 창문에 박았다.

"일단 건물에서 멀리 떨어지자."

한이 말했다.

밖은 어느샌가 밤이 되어 있었다. 엘리베이터 주
변에 펼쳐진 사막이 더 광활하게만 보였다. 이전까
지는 스피커 서리가 불러준 무인 자동차를 타고 이
동할 수 있었지만, 지금은 그럴 수 없었다. 셋은 어떻
게 할지 의논하다가 무작정 걷기 시작했다. 힘이 닿
는 데까지 걷다가, 빈 건물에서 쉬기를 반복하다보면
언젠가는 돌아갈 수 있겠지. 서리가 안일하게 생각
했다. 서리는 아주 길고 오래된 영화의 등장인물이
었다가, 준비도 없이 영화에서 빠져나온 듯한 기분
이 들었다. 서리를 둘러싼 환경은 아무것도 변하지
않았는데도 전혀 새로운 세상이 펼쳐졌다. 서리는
자신의 안에서 대체 무엇이 바뀐 건지 궁금해졌다.

마을을 향해서 걷던 도중 한이 말을 꺼냈다.

"연이 통로에서 떨어지는 장면이 눈앞에서 떠나
지 않아."

서리와 정지현도 같은 마음으로 고개를 끄덕였
다. 연도, 정현희도, 스피커 서리도.

"그 사람들이 우리 곁에 남아 있었다면 어땠을까. 나는 항상 혼자 남는 걸 무서워했어."

한이 앞을 향해서 걷다가 뒤로 빙글 돌았다.

"그래서 서리가 너를 따를 때도 이상한 불안감이 들었어."

한이 정지현을 바라보고 말했다. 그러고는 조금 뜸을 들였다.

"그런데 모래에 완전히 파묻혔을 때, 이상하게 출입성 관리국에 남은 네 모습이 떠올랐어. 널 이해하는 데 필요한 건 어그레스가 아니었을지도 몰라."

한이 팔에 자기 얼굴을 묻었다.

"스피커 정현희를 마음대로 켜봐서 미안해. 정현희는 마지막까지 널 걱정했어."

한은 울음기 섞인 목소리로 말했다. 정지현은 능숙하게 휠체어를 운전해서 한의 주위를 한 바퀴 돌았다.

"유리 엘리베이터가 부서지고, 내가 지구에 들킬 위험이 없어졌는데도 정현희는 나를 관리국 밖으로 나가지 못하게 했어. 정현희도 지구인인 나와 오뉴월 인인 너희들이 따로 자라야 한다고 생각했나 봐. 그리고 너희가 나를 존중할 만한 나이가 되어야 만나게 해줄 거라고 했지. 그건 정현희가 틀렸어. 어떻게 서로를 본 적이 없는데 짠하고 이해가 되겠어. 너희와 함께 자랐다면 좋았을 텐데."

정지현이 말했다.

서리가 고개를 들지 못하는 한의 어깨를 감싸 안았다. 정지현도 바퀴가 한의 발을 밟지 않도록 조심히 다가가면서 한을 안았다. 서리는 한과 정지현의 어깨에 닿은 자기 손가락을 조금씩 움직여보았다. 서리는 다시 해파리에 대해 생각했다. 해파리는 중추 신경계가 없는 동물이지만, 갓을 접고 촉수를 내밀고 입을 오물거릴 수 있다. 해파리의 몸은 중앙에서 통제되지 않고, 마음 가는 대로 움직인다. 서리도 손가락에서 들어오는 자극에 의미를 붙이지 않기로 했다. 한의 몸에서 따뜻한 온기가 전해져오면 그것을 쥐고 있지 않고 정지현도 같은 것을 느끼길 바라면서 그대로 흘려보냈다. 서리는 손가락을 꼼지락대고 싶으면 그렇게 했다. 정지현이 간지러워서 웃느라 생기는 진동도 그대로 통과시켰다. 해파리는 뇌가 없는 대신에 조그맣게 연결된 신경망이 몸 전체에

퍼져 있다고 한다. 서리는 손가락 하나에 얼마나 많은 신경세포가 있을지 궁금했다. 그리고 그 신경세포가 얇디얇은 피부를 넘어서 한의 어깨와 연결되는 상상을 했다. 한의 반대편 어깨는 정지현의 머리카락과, 정지현의 다리는 정지현의 휠체어와 땅을 딛고 선 서리의 발은 땅과 연결되었다. 셋은 한 덩어리가 되는 충만감을 오랫동안 만끽했다. 하늘에 떠 있는 지구는 눈에 띄게 성큼 다가와 있었다. 그러나 서리는 저번만큼 무서움을 느끼지 않았다. 셋이 학교로 돌아오기까지 꼬박 이틀이 걸렸다. 서리가 지쳐서 더이상 걷지 못할 때는 정지현이 서리를 무릎에 태우고 휠체어를 운전했다. 어느새 밤이 너무 깊어져서 하룻밤을 보낼 곳이 필요했다. 셋은 버려진 학교에서 몸을 웅크리고 잤다. 다음 날 다시 방향을 잡고 출발했는데, 곧 정지현의 휠체어에서 배터리 방전을 알리는 소리가 울렸다. 한이 정지현의 휠체어를 잡고 얼마간 끌었다. 또다시 아무도 쓰지 않는 건물이 보였다. 누가 봐도 전기가 들어오지 않는 건물이었지만 서리는 혹시 모르니 살펴보자고 했다. 서리는 건물 안에서 이질적인 빛을 내는 휠체어 급속 충전기를 발견했다. 누군가가 비상 전력으로 충전기에만이라도 계속 전기가 돌도록 설정했다. 정지현은 누군지는 몰라도 이제 살았다며 너스레를 떨었다. 학교로 돌아오자마자 셋은 주저앉았다. 누가 먼저라 할 것도 없이 씻지도 않은 채로 그 자리에서 곯아떨어졌다.

한은 피곤이 무겁게 짓누르는 눈꺼풀을 힘겹게 떴다. 그리고 바닥에 함께 쓰러졌던 서리가 없어진 것을 눈치채고 복도를 돌아다녔다. 두 번 허탕을 치고 세 번째 문을 열어 서리를 발견했다. 서리는 컴퓨터 속에 몰입해서 한이 들어오는지도 알아채지 못했다.

"뭐 하고 있어?"

한이 물어보자, 서리는 한을 흘깃 보았다.

"커뮤니티를 살펴보고 있었어. 또 언제 지구에서 우주선을 보내올 건지 알아보고 싶어서. 그런데 아직은 별말이 없네."

서리가 말했다. 오랫동안 화면이 내뿜는 파란 빛을 보고 있었는지, 서리의 눈이 빨갛게 충혈되어 있었다. 서리는 화면 옆에 노트를 두고 알아낸 사실들을 메모하고 있었다.

"커뮤니티에서 답글이나 글을 읽은 사람 수가 갑자기 뛰는 시기가 있었어."

서리가 말했다.

"그게 언젠데?"

한이 물었다.

"나는 유리 엘리베이터가 부서진 직후라고 생각했는데, 그것보다는 몇 년 뒤였어. 그전까지는 의외로 지구인들이 오뉴월에 별로 관심이 없었어. 오히려 오뉴월을 통제하지 못한 관리자들을 처벌해야 한다는 말이 많았어. 그런데 어느 시점부터 분위기가 빠르게 변했어. 출생아 수가 떨어지는 현상이 오뉴월 때문이라고 주장하고, 제대로 된 보육을 받지 못하게 된 아이들을 걱정하기도 하고. 거기에 더해 오뉴월이 지구와 충돌할 거라는 예상이 나오자 커뮤니티 이용률이 폭발하듯 늘어났어."

서리는 이 모든 일이 마치 과녁에 초점을 맞추듯이 정교하고 날렵하게 벌어졌다고 생각했다. 평화가 커뮤니티에서 눈에 띄게 활동하기 시작한 시기도 그때와 맞물렸다.

"어쩌면 지구도 상황이 좋지 않은 걸지도 몰라."

한이 말했다.

"지구는 오뉴월을 처리할 힘이 있어. 네가 말했던 것처럼 과학자든, 프로그래머든, 박수 칠 사람이든 다 있단 말이야. 지구에게 오뉴월은 행정적인 골칫거리 이상이 되지 않지. 그런데도 우리를 말 그대로 잡아 죽이지 못해 안달이 났다는 것은, 여론을 그렇게 유도하는 사람이 있을 수도 있다는 말이야. 지구의 문제에 손을 떼고 우리를 바라보게 하는 사람이."

평화는 오뉴월이 없어도 우리끼리 잘할 수 있음을 보여줘야 한다고 말했다. 그 말은 사실 지금은 제대로 하고 있지 못함을 의미할지도 모른다. 서리는 한의 추측이 굉장히 낙관적이면서 비관적이라고 생각했다. 여론이 누군가 유도한 대로 움직일 수 있다면, 반대로 뒤집히는 것도 가능하다. 그러나 여론을 주도하는 누군가가 권력을 가지고 있는 사람이라면 그에 맞서기는 힘들 것이다.

그때 컴퓨터에서 알림음이 두 번 울렸다. 누군가 서리에게 채팅을 보냈다. 하나는 평화에게서 온 메시지였고, 다른 하나는 가장에게서 온 것이었다.

평화가 초대해준 채팅방에 가장이 참여하고 있었기 때문에, 서리는 그 별명이 눈에 익었다. 평화는 어제 서리가 종일 커뮤니티에 접속하지 않은 이유를 묻고 있었다. 평화는 초읽기 이후에 곧바로 서리의 접속이 끊긴 것을 이상하게 여기고 있었다. 서리는 이제 평화에게 대답할 때 망설이지 않기로 했다. 서리는 사실 오뉴월이 폭파되는 모습을 두 눈으로 직접 보고 싶어서 밖으로 나갔다고 말했다. 서리가 메시지를 보냈다.

[우주선이 빗나갔다는 소식은 실망스러웠지만, 기회는 또 있겠지?]

평화는 곧바로 대답했다.

[물론이지, 지금도 착착 준비하고 있어.]

서리는 평화에게 그때가 언제인지 알 수 있냐고 물었으나, 평화는 대외비라 말할 수 없다고 답했다. 그리고 서리가 온전히 믿을 수 있을 만한 사람으로 판단되면 그때 말하겠다고 했다. 서리가 말했다.

[나도 열심히 노력해야겠는걸.]

"그런데 언제 우주선이 발사될지 이 사람이 어떻게 알지?"

한이 의아해했다. 서리는 평화가 항상 이 커뮤니티의 리더처럼 행동했다고 말했다. 서리는 어쩌면 평화가 단지 허풍을 떠는 걸지도 모른다며, 신중하게 다가가야 한다고 생각했다. 서리는 두 번째로 도착한 메시지를 읽었다. 가장의 메시지는 매우 짧고 강력했다.

[딜빵하게 굴지 마.]

서리와 한은 이 말을 어떻게 해석해야 할지 감을 잡지 못했다.

"우리가 좀 딜빵하긴 했지."

정지현이 말했다. 정지현은 이제 막 잠에서 깨어났다. 서리가 정지현의 어깨를 흔들어서 눈꺼풀에 남은 잠을 털어냈다. 그리고 바로 가장의 메시지를 보여주었다. 정지현은 우리가 채팅방에서 자기소개할 때를 생각하면 아직도 식은땀이 난다고 했다. 정지현은 가장에게 적당히 대꾸해두는 것이 좋겠다고 말했다. 서리가 가장에게 메시지를 보냈다.

[미안해, 아직 분위기를 잘 몰랐어.]

가장은 말을 이었다.

[더 할 말은 별도 회선으로.]

[별도 회선이 뭔데?]

가장은 서리의 메시지를 읽고도 한참 동안 답이 없었다. 그리고 결심했다는 듯이 영어와 숫자로 이루어진 줄글을 보냈다. 서리가 그 줄글을 누르니 새로운 창이 떴다. 파란 배경에 하얀 글씨로 이루어진 채팅방이었다. 커뮤니티의 채팅방보다 조악하고 낡은 느낌이 났다. 가장이 먼저 별도 회선으로 말을 걸어왔다.

[너 대체 어디 팀에서 활동하는 애야?]

"활동이라니 무슨 말이지?"

서리가 혼잣말로 중얼거렸다. 한이 키보드를 넘겨받아 가장에게 말했다.

[일단 너부터 말해.]

가장이 다시 물었다.

[우리 쪽이 아니구나?]

서리가 대답하지 않자, 가장이 이어서 말했다.

[단독 행동하는 오뉴월인인 듯한데, 그렇게 멍청하게 굴면 우리까지 다 들키는 거야.]

서리는 놀라서 눈을 커다랗게 뜨며 한에게 질문했다.

"지금 이 사람도 오뉴월인이라는 거야?"

한도 마찬가지로 놀랐는지 키보드에서 손을 떼며 어쩔 줄 몰라 했다. 정지현이 둘의 어깨를 꽉 붙잡으며 말했다.

"우리 여기서 잘 결정해야 해. 가장이 하는 말을 믿을 거야?"

정지현과 한이 동시에 서리를 바라보았다. 서리는 가장이 자신들에게 거짓말을 하는 경우를 상상했다. 가장은 사실 지구인이며, 수상하게 행동을 하는 서리를 떠보고 있을지도 모른다. 서리가 정체를 드러내면 가장은 이를 평화에게 알릴 것이다. 서리는 커뮤니티 출입 권한을 박탈당할 것이며, 커뮤니티에 숨어들어온 오뉴월인에 대해 조롱과 비난이 쏟아질 터였다. 그러나 서리는 그것이 현상 유지에 불과하다고 생각했다. 이 모든 위험을 감당하더라도 서리는 지구와의 충돌을 피할 돌파구가 절실하게 필요했다.

"우리에 대해 알려야 해."

서리가 말했다.

[우리는 오뉴월에 사는 오뉴월인이야.]

서리가 메시지를 보냈다. 가장이 짧게 답장을 보내왔다.

[증명해봐.]

여기가 오뉴월이라는 것을 증명할 방법. 서리는 두리번거리면서 적당한 물건을 찾으려고 애썼다. 그러다가 서리는 문득 창밖으로 시선을 던졌다.

"저걸 찍어서 보내줄까."

서리가 가리킨 것은 하늘에 보이는 지구였다. 유리창이 모두 깨졌기 때문에 먼지 한 점 없이 깨끗하게 지구가 보였다. 한이 자리에서 일어나 카메라를 가져왔다. 정지현은 이왕이면 우리 손도 보이게 찍어주자며 창밖으로 한 손을 내밀었다. 서리와 한도 한 손을 내밀어 정지현의 손을 잡았다. 한이 남은 한 손으로 카메라 셔터를 눌렀고, 셋은 결과물을 확인했다. 지구를 배경으로 세 개의 손이 사슬같이 얽혀 있었다. 서리는 이 사진을 컴퓨터로 옮겨 가장에게 보내주었다.

가장은 스피커 서리가 지구로 올려보냈던 오뉴월인들 중 하나였다. 가장은 자신이 상자 속에 담겨 유리 엘리베이터로 나갈 때는 아주 어렸기 때문에 기억이 잘 나지 않는다고 말했다. 그때 가장과 같은 상자에 담긴 오뉴월인이 가장을 맡아서 길러주었다. 차례대로 탈출해온 사람들이 모여 마을을 만들기도 했다. 어떤 사람들은 정체를 숨기고 지구인과 섞이기를 선택했다.

[배신이라고는 생각 안 해. 살아남는 게 더 중요하니까.]

가장이 말했다. 하지만 지구에 사는 오뉴월인들도 몇 년 전부터 급부상한 이 커뮤니티에 주목하기 시작했다. 가장은 평화라는 인물이 커뮤니티에 나타났을 때 많이 놀랐었다고 말했다. 그때는 자고 일어나면 가지고 있던 화폐가 휴지 조각이 되어 있을 정도로 경제적 혼란이 심했었다. 행성 내부에서 균열이 발생하자 모두의 시선을 오뉴월로 돌린 사람이 평화였다.

[우리는 평화가 명령을 받아 움직이는 사람이라고 생각해.]

가장이 메시지를 보냈다.

[혹은 명령을 내리는 본인일 수도 있지.]

가장은 커뮤니티의 동향을 살피기 위해 여러 명의 오뉴월인과 함께 커뮤니티에 잠입했다. 오뉴월을 빠져나올 때, 정현희가 위조해준 유전자 검사 결과지를 이용해서 계정을 하나 만들었다. 그것을 여러 명이 돌려 사용하는 방식이었다.

[다들 오뉴월에 대해서는 어떻게 생각해?]

서리가 가장에게 물었다.

[누구는 자기 고향이니까 그리워하기도 하고. 자기들이 오뉴월에 갇혔었다고 생각하기도 해. 지구와 충돌하기 전에 부숴야 한다는 사람도 많아. 어떻게 다들 똑같이 생각하겠어. 솔직히 말하면 나도 죽기는 싫어.]

가장이 대답했다. 서리는 오뉴월인들 중에서도 우주선을 날릴 때 박수를 친 사람들이 있을지 궁금했다.

'내가 지구에서 오뉴월을 바라보고 있었다면 그러지 않을 수 있었을까?'

서리가 생각했다.

[너희들은 오뉴월에서 어쩔 셈이야?]

가장이 서리에게 물었다. 서리는 지금이 앞으로의 일을 결정해야 할 때임을 깨달았다.

"너희들은 어떻게 하고 싶어?"

서리가 한과 정지현에게 물었다.

"우리가 선택할 수 있는 게 있을까? 우리는 어쨌

든 충돌하기를 기다리거나 적극적으로 충돌시킬 뿐인걸."

한이 말했다. 정지현은 한의 말에 반박하고 싶은 기색이었지만, 틀린 구석이 없었다.

"우리에겐 선택지가 하나 더 있어. 지구로 건너가서 사는 거야."

서리가 말했다. 가장의 말에 의하면 오뉴월인들은 지구에서 작으나마 공동체를 만들어 살고 있었다. 서리는 공동체가 존재한다는 사실에 알 수 없는 힘을 얻었다.

"그리고 이제 이유를 알았어. 나는 지구를 구하고 싶은 게 아니야."

서리가 말했다. 스피커 서리가 오뉴월을 지구에 박으면 안 되는 이유를 물었을 때, 서리는 머리가 새하얘져서 질문에 답하지 못했다. 하지만 지금의 서리는 확신을 얻었다.

"내가 오뉴월을 지구에 충돌시키고 싶지 않은 이유는 너희와 함께 살고 싶어서야. 너희를 구하기 위해 지구를 구해야 한다면 기꺼이 그렇게 할 거야."

서리는 자신의 마음속에서 엉킨 매듭이 하나 풀

린 듯한 기분을 느꼈다. 서리는 나머지 두 명이 자기 말에 대해 어떻게 생각할지 걱정이 되었다. 정지현은 정현희의 이야기를 꺼냈다.

"현희는 왜 우리에게 선택권을 주려고 했을까. 내심 우리가 새로운 답을 찾길 바랐을지도 몰라. 소극적 충돌과 적극적 충돌 사이에서 고민하는 것보다 훨씬 나은 답이야. 한, 너는 어때."

정지현은 한에게 물음을 던졌다.

"난 스피커 서리가 이해돼. 나 같아도 지구를 망하게 하고 싶을 거야."

한이 말했다.

"나도 엘리베이터 통로 너머로 빨려 들어가는 기분을 느껴봤으니까. 만약 네가 내 눈앞에서 그런 식으로 사라졌다면, 나도 스피커 서리와 같은 길을 선택했을 거야."

'한은 지구에 가고 싶지 않은 걸까.'

서리가 갈피를 잡지 못하며 생각했다. 그러나 서리가 한을 설득하기도 전에 한은 자기 말을 이어갔다.

"그런데 말이야. 내가 모래더미 속에 파묻힐 때, 동그랗고 딱딱한 것에 지탱해서 겨우 버텼어. 난 그게 연의 머리뼈였던 것 같아. 그 머리뼈를 밟고 올라와서 너희들을 다시 볼 수 있었어. 물론 전혀 말은 안 되지만, 연이 나를 올려보내준 데에는 의미가 있다고 믿을래."

한이 말하자 서리와 정지현의 얼굴이 밝아졌다. 한은 서리에게 걱정스레 덧붙였다.

"하지만 지구가 우리를 얼마나 적대하는지 잊어서는 안 돼. 지구에 어떻게 가느냐는 둘째치고, 우리가 지구에 발을 딛자마자 공격당할 수도 있어."

서리와 정지현은 비장하게 고개를 끄덕였다. 서리는 가장에게 다시 메시지를 보냈다.

[우리는 지구로 갈 거야.]

그러나 중학생 셋이 종일 머리를 맞댄다고 하더라도 지구로 가는 방법을 찾기란 쉽지 않았다. 세 명이서 유리 엘리베이터를 다시 연결할 수도 없는 노릇이었으며, 그 밖에 지구와 오뉴월을 오가는 방법은 들어본 적이 없었다.

"이건 어때. 평화는 우주선의 두 번째 발사를 앞두고 있다고 했어. 우리가 우주선의 목적을 바꾸어야 해. 격추가 아니라 착륙으로."

서리가 말했다.

"하지만 지구인이 굳이 오뉴월에 와야 할 이유가 없잖아."

정지현이 끼어들었다. 서리도 머리를 감싸 쥐었다.

"나도 그 부분이 가장 어려워. 오뉴월에 다이아몬드 광산이나 홍해파리 서식지가 있는 것도 아니고. 어떻게 오게 만들 수 있을까?"

서리가 말했다.

"당장 아무나 오뉴월로 오지 않으면 화로를 터뜨려버린다고 하는 건 어때?"

한이 제안했다.

"그건 별로 좋지 않은걸. 그런 식으로는 우리가 우주선을 타고 지구로 가기 힘들어질 거야."

정지현이 한을 만류했다. 서리는 한의 말을 듣고 곰곰이 생각해보았다. 협박도 아니고 구걸도 아니라면….

"우리 지구와 협상하자!"

서리는 중요한 결정을 내리기 전 항상 해파리에 대해 생각했다. 해파리의 생애 주기는 매우 독특했다. 해파리는 애벌레와 같은 폴립으로 돌이나 산호에 붙어살다가, 때가 되면 물속에 부유하는 평범한 해파리, 메두사 형태가 된다. 폴립은 비눗방울처럼 골을 따라 쪼개지며 번식하고, 메두사는 알을 낳아 번식한다. 홍해파리는 메두사가 폴립으로 돌아갈 수 있으므로 이론적으로는 영원히 살 수 있다. 홍해파리는 한 점으로 응축된다.

"오뉴월도 그렇게 될 수 있어."

서리가 말했다. 스피커 서리의 기억에서 정현희는 오뉴월의 화로를 꺼서 오뉴월을 안전하게 해체할 수 있다고 말했다. 화로를 담은 코어만 남고 나머지 부품은 잘게 쪼개져 흩어진다.

"오뉴월에 있는 화로 말이야. 터뜨리는 대신 끄자. 오뉴월이 차갑게 식어가도록, 그래서 한 점으로 작아지도록. 그리고 지구와 협상을 하는 거야. 우리를 데리러 오면 오뉴월을 안전하게 없애주겠다고."

서리가 말했다.

"마치 블랙홀을 만드는 것 같아."

한이 말했다.

"수명이 다한 별은 한 점으로 뭉그러져. 수명이

다할수록 별이 열을 내면서 팽창하는 힘이 약해지기 때문이야. 별의 중심으로 향하는 중력이 비교적 세지기 때문에 별은 식어가면서 작아져."

서리는 한이 자신의 계획을 마음에 들어 한다고 짐작했다.

"지구와 협상할 때 나를 이용해."

정지현이 말했다.

"나는 어쨌든 지구인이니까 좋은 명분이 될 수 있을 거야."

"예를 들면?"

한이 말했다.

"오뉴월인들이 지구인을 볼모로 잡고 있어요. 나를 구하러 오면 오뉴월을 안전하게 없애줄게요!"

정지현이 일부러 우스꽝스러운 목소리를 냈다. 서리와 한이 킥킥 웃었다.

서리는 지금까지 나온 말을 바탕으로 커뮤니티에 올릴 글을 작성했다.

안녕하세요, 오뉴월에 인질로 잡혀 있는 지구인입니다. 오뉴월인들은 오뉴월 중앙에 있는 화로를 폭파해,

파편을 지구로 날려 보낼 생각입니다. 또한, 지금 오뉴월과 지구가 굉장히 가까워지고 있습니다. 무인 우주선으로 오뉴월을 격추한대도 파편 때문에 오히려 지구가 위험해질 것입니다. 저를 구하러 와주십시오. 제 안전이 확보되면 오뉴월 중앙에 있는 화로를 꺼서 오뉴월을 해체하겠습니다. 이 방법을 통해 파편 없이 오뉴월을 제거할 수 있고, 지구의 피해를 최소화할 수 있습니다. 많은 관심 부탁드립니다.

6

해파리가 아닌데 해파리처럼 보이는 동물들이 있다. 넓은 의미에서 오랫동안 해파리는 바다에 의미 없이 떠다니는 동물이었다. 서리의 상상에 따르면, 해파리를 연구하는 사람들은 뜰채를 들고 해변을 뛰어다녔다. 뜰채로 건져지는 동물은 해파리 후보가 되었다. 해파리 후보가 만약 몸이 투명하고 촉수까지 달려 있으면 완벽한 해파리로 판단되었다. 그러나 나중에 생물 분류표를 다시 만들었을 때, 해파리라는 이름을 달고 있었지만 해파리강에 속하지 않는 생물이 발견되었다. 그들은 해파리보다 복잡한 신경계를 가지고 있거나 번식 방법이 달랐다. 서리는 모양이 비슷하니 감쪽같이 속아 넘어갈 수밖에 없었다고 생각했다. 그러나 시간이 지난 후에, 서리는 아무도 해파리 연구자를 속이려 하지 않았음을 깨달았다. 인과가 달랐다. 가짜 해파리가 잘못된 강, 문, 계로 분류된 것이 아니었다. 강, 문, 계가 생기고 난 후에 가짜 해파리가 된 것이었다. 속이고 싶지 않아도 속이게 될 때가 있다.

서리는 인사로 커뮤니티에 올릴 글을 마무리하였고, 이를 가장에게 보내 검사를 맡기로 했다. 가장은 서리가 보낸 글을 읽자마자, '멍청하게 굴지 말라고 했지!'라며 화를 냈다.

[잘 들어. 여론을 움직이려면 우선 은근하게 겁을 줘야 해.]

가장은 이때까지 커뮤니티에 오랫동안 머물면서 배운 것을 서리에게 알려주었다. 커뮤니티는 오뉴월을 비난하도록 사람들을 유도하기 전에, 오뉴월 때문에 세상이 망할 수도 있다는 공포를 퍼뜨렸다. 오뉴월이 기능을 상실한 탓에 아이들이 제대로 보육을 받을 수 없으며, 태어나는 아이의 수도 현저하게

줄었다. 이대로 가면 몇 년 안에 지구는 문명을 유지
할 수 없게 될 것이라는 예측이 쏟아졌다. 또 엘리베
이터가 폭발하기 전에 지구로 건너온 오뉴월인들이
자신들의 일자리를 뺏고 경제 상황을 악화시킬 것이
라는 소문도 퍼졌다.

[너는 커뮤니티에서 공포를 심어줘야 해. 오뉴월이 당장
이라도 지구에 처박힐 것 같은 미심한 공포. 그런 게 쌓이
다가 한 번에 터질 때가 올 거야. 그때가 네가 지구와 협상
할 기회야.]

가장이 말했다.

[내가 할 수 있어.]

한이 나서서 가장과 대화하기 시작했다. 한은 가
장에게 지구에서 찍은 오뉴월 사진을 최대한 많이
구해달라고 했다. 한날한시, 그러나 다른 장소에서
찍은 사진이어야 했다. 가장은 다른 지역에 사는 오
뉴월인들과 연락해서 최대한 구해보겠다고 말했다.

"사진은 왜 구해달라고 했어?"

서리가 한에게 물었다.

"그 사진들로 지구와 오뉴월 사이의 거리를 구할
거야. 하지만 수치는 내가 마음대로 조작해서 지구

와 오뉴월 사이 거리가 이미 엄청나게 가까운 것처럼 말할 거야. 이미 오뉴월이 너무 가까우므로 격추해도 커다란 운석이 지구로 날아온다고. 가장 쪽에서 내 글을 날라주면 그 미심한 공포라는 게 생기지 않겠어?"

한이 말했다. 한은 묘하게 신이 나 보였다.

서리는 가장이 보내준 오뉴월의 사진을 보면서 싱숭생숭한 기분을 느꼈다.

'지구에서는 우리가 이렇게 보이는구나.'

사진 속의 오뉴월은 약간 잿빛이 도는 작은 위성이었다. 그리고 엘리베이터가 있던 자리에 뚫린 구멍이 그대로 보였다. 서리는 엘리베이터 구멍을 기준으로 서남쪽에 있는 학교의 위치를 짚어냈다.

'우리는 여기에서 지구를 바라보고 있는 거야.'

서리는 자신이 오뉴월에서 보낸 시선과 지구에서 오뉴월을 바라보는 시선이 맞부딪히는 장면을 상상했다. 우주 어느 공간에서 두 방향의 시선은 한 점에서 만난다. 시선은 대결하면서 동시에 연결된다.

한은 사진 속의 관측자, 오뉴월의 엘리베이터 구

멍, 그리고 오뉴월 뒤에서 빛나는 가장 밝은 별을 잇는 직선을 그었다. 그리고 모든 사진에 똑같은 선을 그었다. 한은 서로 다른 두 위치에서 관측한 사진을 통해 오뉴월과 지구가 형성하는 부채꼴의 중심각을 알아낼 거라고 말했다. 관측자 사이의 거리가 부채꼴의 호가 될 것이며, 중심각과 호의 길이를 통해 오뉴월과 지구 사이의 거리를 계산할 수 있다고 말했다.

"물론 실제 거리가 아니라 거짓으로 계산한 결과를 퍼뜨릴 테지만."

한이 덧붙였다. 정지현은 엄지를 치켜세웠다.

"무슨 말인지 못 알아듣겠지만 힘내. 과학적인 척하니까 믿음도 가고 좋다."

정지현이 너스레를 떨었다.

가장은 아주 단순한 게시글을 커뮤니티에 등록했다.

[오늘따라 오뉴월이 왜 이렇게 커 보이지? 징그럽다.]

글을 올리고 조금 기다리니 답글이 몇 개 달렸다. 대부분은 가장의 글에 동의를 표하는 내용이었다. 글을 우연히 발견한 이용자가 별 뜻 없이 공감하는 답글도 있었고, 몇 개는 가장과 함께 움직이는 팀원들이 작성하기도 했다. 가장은 이상해 보이지 않게 충분한 시간 간격을 두고 비슷한 요지의 글을 올렸다. 원래부터도 커뮤니티에 비슷한 내용의 글이 간간이 올라왔기 때문에 가장은 그보다 조금 더 빈번한 정도로 글 올리는 속도를 조정하였다. 커뮤니티 안 사람들이 스스로 오뉴월과의 거리에 관해 이야기하기 시작했을 때, 가장은 한이 거짓으로 계산한 결과를 올렸다.

오뉴월이 이상하게 가까워 보이는 게 아니라 정말로 엄청 가까워졌어. 다른 나라에 사는 내 친구와 같이 오뉴월을 관측하면서 중심각과 호의 길이를 이용해 거리를 재봤어. 원래 지구와 오뉴월 사이는 38만 킬로미터 정도였고, 정부에서 발표한 오뉴월의 접근 속도대로라면 현재는 약 35만 킬로미터여야 해. 그런데 내가 계산한 결과에 따르면 25만 킬로미터도 안 돼. 이대로라면 두 번째 우주선을 발사하기도 전에 지구와 오뉴월이 충돌하게 될 거야. 오뉴월인들이 무언가 수를 쓴 걸까? 아니면 정부가 거짓말로 우리를 안심시키고 있는 걸까?

이 글에 달린 답글들은 그렇게 호의적이지 않았다. 단순한 착오일 것이라며 믿지 않는 반응이 대다수였다. 극소수의 사람들이 정부가 공식적인 관측치를 내놓지 않는다는 점을 의심할 뿐이었다. 그러나 그마저도 정부의 발표를 기다려야 한다는 의견이었다. 서리는 한이 열심히 계산한 게 효과가 없다는 생각에 침울해졌다. 가장은 이제 시작일 뿐이라고 말했다. 가장은 한에게 다른 방법으로도 거리를 계산할 수 있는지 묻고는 글을 여러 종류로 만들어두는 것이 좋겠다고 말했다.

한은 그 길로 도서관에서 몇 시간 동안 나오지 않았다. 그러곤 머리가 헝클어진 채로 돌아와서 '동전으로도 해보자'라고 말했다. 한은 가장에게 동전으로 하늘에 뜬 오뉴월을 가린 사진을 보내달라고 했다. 한은 동전의 지름과 관측자가 이루는 삼각형은 오뉴월과 관측자가 이루는 삼각형과 닮음이라면서 닮음비를 이용해서 거리를 계산할 수 있다고 말

153

했다. 정지현은 아무 말도 하지 않고 헝클어진 한의 머리를 정리해주었다. 한이 여러 가지 방법을 이용해서 가짜로 만든 관측치를 가장에게 전해주면, 가장은 자신이 판단하기에 가장 적절할 때 커뮤니티에 글을 올렸다. 얼마 지나지 않아 동일인이 똑같은 음모를 제기하는 것이 아니냐는 사람들이 조금씩 생겨나기 시작했고, 가장은 지금은 잠시 쉬어야 할 것 같다고 말했다. 서리에게 그나마 다행인 것은 지구에서 아직도 공식적인 관측치를 발표하지 않았다는 점이었다.

그날 밤, 서리도 가장도 작성하지 않은 글이 커뮤니티에 하나 올라왔다. 집 앞마당에 커다란 돌이 떨어졌다는 내용이었다. 사진 속에는 성인 키만 한 암석이 있었고, 떨어질 때의 큰 충격 때문에 바닥이 조금 파여 있었다. 글을 쓴 사람은 크게 혼란스러워 보였다. 그는 당국에 신고해도 몇 번 조사하는 둥 마는 둥 하더니 이제는 연락이 없다고 했다. 그는 이 암석이 처음 오뉴월에 우주선을 날렸을 때 부서진 조각이 아닐까 추측한다고 했다. 그렇지 않고서야

관공서가 이를 쉬쉬하는 것이 이해되지 않는다며, 혹시 자신과 똑같은 일을 당한 사람이 있다면 글을 써주길 바란다고 부탁했다. 그 뒤로, 비슷한 게시물이 여러 개 올라왔다. 이런 게 사람 위로 떨어졌으면 어쩔 뻔했냐고 화를 내는 사람이 있었다. 그리고 오뉴월의 조각이 빠르게 지구로 도달했다는 점을 들어 오뉴월과 지구가 생각보다 가까이 있을 수도 있다고 말하기도 했다. 몇 사람은 오뉴월을 우주선으로 파괴한다는 계획이 안전한지 의문을 제기하였다. 그 과정에서 며칠 전 가장이 올렸던 거리 관측치에 관한 글이 다시 주목받았다.

"정말 저게 오뉴월에서 떨어진 파편일까?"

서리가 물었다. 한이 글쎄, 하고 확답을 주지 않았다. 한이 보기에는 그저 성층권에서 채 불타지 못하고 떨어진 유성 같았다.

"그렇지만 우리한테 유리하게 돌아가는걸."

정지현이 말했다. 평화는 커뮤니티가 점점 어수선해져도 평온함을 유지하는 것처럼 보였다. 두 번째로 발사될 우주선에 대한 우려의 목소리가 커져도 지구에는 피해가 없도록 정밀한 계산을 할 예정이라는 말로 사람들을 안심시켰다. 서리만이 평화가 초조해하는 구석을 눈치챘다. 평화는 심하게 불안에 떠는 사람들이 커뮤니티에 글을 쓰면, 자신의 권한으로 삭제하거나 제재를 가했다. 평화는 불안이 모두에게 전염되는 것을 걱정하고 있었다. 서리는 지금이 기회라고 생각했다.

"잘 나오고 있어?"

서리는 캠코더를 책상 위에 두고 정지현이 제대로 찍히고 있는지 확인했다. 정지현은 오뉴월인에게 사로잡힌 지구인 인질을 연기하기로 했다. 한은 이때까지 해왔던 대로 글을 올리는 편이 더 안전하겠다고 말했다. 그러나 정지현은 단호하게 영상을 찍어 올리자고 했다.

"내 신상을 드러내야 그쪽도 나를 믿어줄 거야."

서리는 커뮤니티 사람들이 정지현의 얼굴을 다 알아버리면 지구에 도착했을 때 문제가 될 수 있다고 생각했다.

"모두 감수하고서라도 우리는 지구에 가야 해."

정지현의 목소리에서 굳은 의지가 묻어나왔다. 원래는 정지현이 오뉴월인들에게 핍박받는 모습도

담으려고 했으나, 서리가 누군가에게 모진 말을 하는 연기에 소질이 없어서 그만두었다. 서리가 정지현의 얼굴에 주먹을 갖다 댈 때 미세하게 손을 부들부들 떨었고, 그 모습마저 캠코더에 잡혀서 분량을 아예 삭제해버렸다. 정지현은 손을 모으고 카메라 앞에서 담담히 이야기를 시작했다.

"안녕하세요, 지구인 정지현입니다. 제 양육자는 오뉴월 출입성 관리국 국장이자, 엘리베이터를 부순 배신자 정현희입니다. 저는 현재 오뉴월에 거주 중입니다. 정현희는 이곳에 남은 오뉴월인과의 의견 차이로 인해 갈등을 벌이다가, 결국 사망했습니다. 오뉴월인들은 정현희의 아이인 저를 인질로 잡은 상태입니다. 오뉴월인들은 오뉴월의 화로를 폭파해 지구와 함께 자멸할 생각입니다. 지구인 여러분, 저를 구하러 와주십시오. 정현희는 저에게 화로를 조작할 수 있는 권한을 넘겨주었습니다. 이를 이용하여 오뉴월 중앙에 있는 화로를 꺼뜨릴 수 있습니다. 지구의 피해를 최소화하며, 오뉴월을 완전히 소멸시킬 방법입니다. 제 안전을 보장해주신다면 관리 시스템을 작동시켜 지구를 구하겠습니다."

창밖에는 지구가 떠 있었고, 열린 문틈 사이로 바람이 들어와 정지현의 머리카락을 흔들었다. 정지현은 명확하게 하고자 하는 말을 모두 전했다. 서리는 가장에게 영상을 대신 올려달라고 부탁하려다가, 직접 자신이 올리기로 마음먹었다. 정지현이 짊어진 부담을 조금이라도 나눠 갖고 싶었기 때문이었다. 속이 빈 원이 채워지며 영상이 게시되고 있음을 표시해주었다. 서리는 사실 지금이라도 채워지는 원을 되돌리고 싶었으나 정지현이 자기 손을 잡아 오는 통에 그러지 못했다. 영상을 시청한 사람의 수는 한 자릿수에서 순식간에 세 자릿수로 뛰었다.

서리는 커뮤니티에서 얼굴이 알려지는 일의 파급력에 대해서 잘 알지 못했다. 사람들이 정지현을 구하러 가냐 마냐에 초점을 맞추어 떠들 것이라고 예상했지만 그 예상은 완전히 빗나갔다. 영상이 올라간 직후, 커뮤니티에는 정현희가 지구에 살았을 때 찍힌 사진들이 올라왔다. 가끔 지구로 건너가 보고하는 정현희의 모습, 정현희를 국장으로 만든 임명식, 심지어는 학교에 다니던 정현희의 오래된 졸업사진까지. 이들은 정지현의 신상을 캐려고 했지만,

지구에 남은 기록이 없어 정현희에게로 옮겨간 것으로 보였다. 커뮤니티에 종일 정현희에 대한 정보가 쏟아졌다. 정현희는 바이오 공학 박사였으며, 출입성 관리국 국장이 되기 위해 자원했다. 오뉴월인이 보육을 전담하는 것을 긍정적으로 생각한다는 정현희의 언론 인터뷰도 발췌되었다. 정현희가 왜 오뉴월인이 지구로 숨어 들어가도록 도왔는지 묻는 글에, 오뉴월인과 오래도록 함께 있어서 동화된 모양이라는 답글이 달렸다.

"나보다 이 사람들이 현희를 잘 아는 것처럼 말해."

정지현이 작게 속삭였다. 정현희는 엘리베이터를 부수고 오뉴월의 충돌을 일으킨 원흉으로 손꼽혔다. 사람들은 정현희에게 해코지하고 싶어 했지만, 이미 정현희는 오뉴월에서 사망한 후였다. 대신 정현희의 사진을 마음대로 늘리고 줄이면서 분풀이하기 시작했다. 어린 정현희의 동그란 볼은 숟가락으로 파헤쳐 놓은 듯이 우그러졌다. 한쪽 눈을 우스꽝스럽게 찌그러트리기도 했고, 정현희의 얼굴에 박쥐의 귀를 합성하기도 했다.

"여기가 우리가 발붙이고 살아야 할 지구야."

서리는 처음으로 자신이 한 선택의 무게를 실감했다.

정지현은 커뮤니티가 뒤집힌 와중에도 앞으로 어떻게 해야 할지를 고민했다.

"이 분위기를 어떻게 이용할 수 있을까."

정지현이 말했다. 한은 정지현에게 구태여 위로의 말을 전하지 않았다. 대신 한은 정지현이 커뮤니티 글에 빠져들지 못하도록 자기 쪽으로 노트북 화면을 돌려놓았다.

"나는 정현희와는 다르다고 말해야 해. 정현희와 달리 나는 진심으로 지구의 안녕을 바란다고."

정지현이 말했다. 서리는 벌벌 떨리는 정지현의 손을 잡고 앞으로는 자신이 글을 쓰겠다고 말했다. 서리는 정지현의 유전자 검사표나, 손을 찍은 사진 등을 올렸다. 서리는 정지현의 정체성을 최대한 명확히 보여주기 위해 노력했다. 그러나 정현희를 비방하는 글에는 답을 달지 않기로 했다. 대신 화로를 조절하는 방법을 설명하면서 화로를 꺼뜨릴 계획을 퍼뜨렸다. 사람들은 의외로 이 계획을 전적으로 믿지는 않았다. 파편에 대한 불안이 커진 와중에 기다렸다는 듯이 나온 계획이었기 때문이다. 그러나 일단 누군가가 오뉴월에 가서 화로를 확인하고 오길 바라는 목소리가 커졌다. 서리에게는 그것만으로도 충분했다.

커뮤니티에 글이 하나 올라왔다.

지구가 아무 생각 없이 오뉴월을 만들었을 리가 없지. 아무리 오뉴월인들이 멍청하다지만, 우리도 문제가 생길 수 있다는 걸 염두에 두고 위성을 조립했겠지. 그리고 그 안전장치로 국장에게 오뉴월을 해체할 수 있는 권한을 준 거야. 그 국장이 배신한 게 문제지만. 정지현이 협력해준다면 우리도 편하지.

분명히 서리 쪽에 힘을 실어주는 내용이었으나, 서리는 글을 읽고도 기분이 그렇게 좋지 않았다. 바탕을 모를 자기 확신이 글에 뚝뚝 묻어났기 때문이었다. 그 와중에 정지현을 과하게 지지하는 무리가 생겨났다. 정지현은 오뉴월에 붙잡혀 있어도 정신을 똑바로 차리고 있다며, 정현회와는 다르게 지구를 구할 진정한 영웅이라고 말했다. 이들은 정지현이 올린 영상에서 초 단위로 사진을 추출했다. 그리고 글의 맥락과 상관없이 답글로 정지현의 사진을 달기 시작했다. 가장은 저들이 반쯤은 장난으로 정지현을 떠받들고 있음을 알아야 한다고 말했다.

"지금은 정지현이 새롭고 재밌는 자극이라 저렇게 반응하지만, 하나라도 실수한다면 정현희보다 더 심하게 물어뜯을 거야."

어쨌든 커뮤니티는 정지현에게 보내는 응원, 두 번째 우주선 계획에 대한 의심, 화로를 확인해야 한다는 의견으로 뒤섞였다. 평화는 이때까지 커뮤니티를 관리해왔던 역량으로도 여론이 통제되지 않자, 글 하나를 올렸다.

안녕하세요, 평화입니다. 두 번째로 발사될 우주선의 준비가 끝났습니다. 그러나 많은 분이 오뉴월 격추 계획에 대해 우려의 목소리를 보내고 계십니다. 더불어 오뉴월에 지구인 한 명이 인질로 잡혀 있음을 최근에 확인하였습니다. 이에 저는 단 한 명의 지구인이라도 그 목숨을 헛되이 할 수 없다는 사명감을 가지고 오뉴월에 진입하려고 합니다. 또한, 화로의 작동을 멈춘다

는 계획이 얼마나 안전한지, 실행 가능한지 아닌지를
두 눈으로 직접 확인하겠습니다. 두 번째 우주선을 격
추용에서 이동용으로 조정하기 위해 사흘의 시간이 걸
릴 것입니다. 간간이 글을 올리겠습니다.

평화가 이곳으로 온다. 서리는 벌써 명치에서 찌
릿한 긴장감이 올라오는 것을 느꼈다.
"우리도 평화를 맞을 준비를 해야지. 그리고 지구
에 들고 갈 짐도 챙겨야 해."
한이 말했다.
"그래, 우주선이 오면 다시는 돌아올 수 없으니까."
정지현이 쓸쓸한 어투로 말했다. 셋은 학교를 둘
러보면서 가지고 갈 물건이 있는지 찾았다. 한은 일
단 노트북을 챙겼고, 서리는 해파리 도감을 들고 가
기로 했다. 한은 자기만의 규칙으로 물건을 정리해
두어서 어디에 무엇이 있는지 금방 찾았다. 반면 서
리는 중구난방으로 물건을 넣어두어 모든 사물함을
한 칸씩 열어보아야 했다. 여섯 번째 칸을 열었을
때, 서리는 오랫동안 사용한 수영복과 수영모를 찾
았다. 서리는 이것을 들고 가야 할지 말아야 할지 고

민했다.

"지구에서도 수영할 수 있을까?"

서리가 물었다.

"걱정되면 지금이라도 실컷 하자."

정지현이 말했다. 그리고 물에 뜰 수 있는 튜브형 바퀴를 다시 휠체어에 끼워달라고 했다. 한에게도 수영하겠냐고 정지현이 묻자, 한은 몸이 물에 젖는 게 싫다며, 수영장에 걸터앉아서 다리만 물에 넣을 거라고 했다.

서리는 물에 둥둥 떠서 자신을 수면으로 밀어 올려주는 힘을 느꼈다.

"평화가 도착하면 어떻게 할 거야?"

한이 물었다.

"최대한 몸으로 싸울 일이 없었으면 좋겠어."

서리가 말했다.

"평화는 도착하자마자 나를 찾을 거야. 내가 평화를 관리 시스템이 있는 곳으로 유도해서 시간을 끌어볼 테니까, 그 틈에 너희 둘은 우주선에 숨어들어가."

정지현이 말했다.

"평화와 단둘이 남는 건 위험할 수도 있어."

한이 걱정스러운 목소리로 말했다.

"괜찮아, 평화는 영웅이 되고 싶어 하는 것 같아. 날 무사히 지구로 데려간 후에 커뮤니티에서 박수 받는 일만 생각하고 있을 거야."

정지현이 말했다. 서리는 해파리가 싸우는 방식에 대해서 생각했다. 해파리는 큰 이유나 목적이 있어서 물속에서 헤엄치지는 않는다. 파도가 치는 대로 흔들리다가 주변에 플랑크톤이나 작은 물고기가 있으면 입으로 빨아들인다. 해파리는 적극적으로 촉수를 들어서 독을 쏘지 않는다. 오히려 작은 물고기가 해파리의 촉수 뭉치로 들어와 독에 몸을 비빈다고 말해야 할 것이다. 그렇다면 해파리는 단지 먹느냐 먹히느냐의 중간 상태에서 무기력하게 머물 뿐이 아닐까. 서리는 해파리에 대해 생각해도 그렇게 즐겁지 않은 적이 처음이라 당황했다.

'아니야, 촉수를 일부러 흔들어서 싸우는 해파리가 있었어. 상자해파리는 빛나는 촉수를 미끼로 상대를 유인해. 하지만 상자해파리는 우리가 말하는 진짜 해파리와는 다르지. 앞을 볼 수 있는 눈이 무

려 24개나 있다고.'

서리는 생각의 궤도를 바꿔보려 해도 계속 구렁
텅이 속으로 빨려 들어갔다. 그때 서리의 얼굴에 차
가운 물방울이 가득 튀었다. 한이 발을 오리발처럼
넓게 펴서 물장구를 치고 있었다. 서리는 그만하라
며 자기도 손으로 물을 퍼 올렸다. 수영장 밖에 있는
한의 얼굴까지는 닿지 못하고 허벅지만 적실 뿐이었
다. 정지현도 손으로 노를 저어서 휠체어를 끌고 왔
다. 물방울은 허공에서 다른 물방울을 만나 여러 갈
래로 쪼개졌다. 서리는 머리에 차가운 점이 잘게 떨
어지는 것을 느꼈다. 한의 머리마저도 흠뻑 젖을 때
가 되어서야 물장구가 끝이 났다.

평화는 모래 평원에 우주선을 착륙시킬 예정이라
며 글을 올렸다. 그리고 정지현에게 오뉴월인들의
눈을 피해서 착륙 지점 근처까지 와달라고 했다. 정
지현은 두꺼운 튜브 모양 바퀴를 계속 끼고 있기로
했다. 그리고 발판 쪽에 보조 바퀴를 하나 더 달아
서 몸무게를 분산시켰다. 저번에 얇은 타이어 바퀴
를 끼고 모래사장에 들어가니 바퀴가 모래에 움푹
빠져서 움직이기가 힘들었다고 했다. 한과 서리도

움직이기 쉬운 신발을 신었다. 한은 혹시라도 다칠 일이 생길지도 모른다며 가방에 구급약과 각종 도구를 챙겼다. 평화는 커뮤니티에서 서리에게 개인 메시지를 보냈다.

[내일 보겠네.]

내일이면 평화를 맞이하러 간다.

7

해파리에게는 독이 있다. 촉수에 나란하게 서 있
는 자포에 침이 담겨 있고, 자포가 침을 쏘면서 침에
발린 독이 피부로 침투한다. 서리는 해파리 독을 맞
아본 적이 없지만, 책에서는 해파리 독에 쏘인 부위
가 발갛게 부어오른다고 했다. 갑자기 숨구멍이 좁
아져 숨쉬기가 불편해질 수도 있다. 해파리 독은 세
포막에 구멍을 송송 낸다. 또 면역 세포를 자극해서
극심한 면역 반응을 이끌어낸다. 해파리가 자신의
독에 중독되지 않는 이유는 뭘까. 그리고 떼로 몰려
다니면서 주변에 바싹 붙은 동족을 쏘지 않을 수 있

는 이유는? 서리는 해파리가 같은 종의 독에는 면역이 있으리라고 막연하게 생각했다. 사실 자포에는 스위치가 달려 있어, 먹이나 적이 아닌 물체에는 반응하지 않는다. 서리에게는 그러한 판단력이 필요했다. 정확한 순간에 올바른 상대에게 적절한 대응을 할 수 있기를. 서리는 기도했다.

✳

정지현의 머리에서 피가 흘렀다. 공기와 닿은 피가 젤리처럼 뭉쳤다. 피가 정지현의 머리에 엉겨 붙어서 상처가 얼마나 심각한지 제대로 살펴볼 수 없었다. 서리는 떨리는 손으로 정지현의 양 볼을 잡았다. 정지현의 목에서 가래가 끓는 소리가 났다. *너 괜찮아?* 서리가 물었다. 정지현의 눈동자에 어린 빛이 가물거렸다. *괜찮아.* 정지현이 꽤 명료한 목소리로 말했다. *나의 90퍼센트는 물로 이루어져 있거든.* 그 순간 서리의 손에 들린 정지현의 머리가 밑으로 쑥 꺼졌다. 정지현은 겉껍질과 속껍질 사이가 젤리로 가득 찬 거대 해파리가 되었다. 서리가 해파리를 아무리 손으로 쓸어모으려고 해도 손가락 사이로 흘렀다.

　서리는 어젯밤에 이상한 꿈을 꿔서 잠을 설쳤다. 서리의 눈 밑에 깊게 진 그림자를 한이 보았다. 한이 또 밤새워 뒤척였냐며 서리에게 핀잔을 주었지만, 한도 그렇게 상쾌한 잠을 잔 것처럼 보이지는 않았다. 둘은 출입성 관리국의 정문 쪽에 숨어 있었다. 정지현이 평화를 끌고 다른 곳으로 이동하면, 둘은 평화의 우주선으로 달려가야 했다. 정지현은 둘에게 손을 흔들고 모래 평원을 향해 바퀴를 굴렸다. 하늘에는 커다랗고 파란 지구가 떠 있었다. 지구 쪽에서 까만 물체가 날아오기 시작했다. 점만큼 작았던 그 물체는 오뉴월과 거리를 좁혀오면서 커졌다. 물체는 오뉴월 상공에 진입하면서 표면이 불타올랐다. 모래 평원에 착륙할 때쯤에는 불이 대부분 꺼져서 주변에 아지랑이만 피어올랐다. 우주선은 엘리베이터가 있던 구멍에 알맞게 맞아들어갔다. 어떤 사람이 우주선에서 걸어 내려왔다. 정지현이 휠체어를 끌고 그 사람에게 접근하자 서리는 그가 키가 엄청나게 큰 사람임을 알 수 있었다. 정지현의 앉은키와 비교

해도 꽤 덩치가 있었다. 서리와 한은 그가 바로 평화라고 짐작했다. 정지현이 평화와 잠깐 이야기를 나누는가 싶더니, 평화를 출입성 관리국 쪽으로 이끌었다. 서리와 한은 정지현이 오는 방향의 반대쪽으로 돌아서 우주선으로 향했다.

'적당히 숨을 만한 공간이 있어야 할 텐데.'

서리는 마음속으로 빌었다.

둘이 우주선에 가까이 가니 미닫이 형식으로 된 문이 자동으로 열렸다. 서리가 우주선에 발을 들여놓자마자, 상냥하고 발음이 좋은 목소리가 둘에게 인사했다.

"환영합니다. 좋은 여행이 되셨나요?"

한이 놀라서 서리를 뒤로 잡아당기고는 두리번거렸다. 그러나 우주선 안에는 인기척이 없었다. 다시 허공에서 목소리가 울렸다.

"저는 우주선의 탑승 및 조작을 돕는 여러분의 도우미입니다. '야'라고 불러주세요. 혹시 필요하신 게 있으실까요?"

"너도 오뉴월인으로 만든 스피커야?"

서리가 물었다.

"제가 가지고 있는 성격 특성과 기억을 반영하고 싶다면 설정을 통해 변경할 수 있습니다. 현재는 최소한의 안내 기능만 유지됩니다."

"좋아, 성격이 드러나게 바꿔줘."

서리가 요구했다. 안내 음성의 목소리가 약간 낮아지고 발음이 불분명해졌다.

"나는 15년 전에 오뉴월에서 지구로 건너갔었어. 무사히 올라가긴 했지만 길을 찾지 못하고 잡혔지."

안내 음성이 말했다.

"이건 좀 문제인데. 평화가 지구로 건너간 오뉴월 인의 기억에 접근할 수 있다는 말이잖아. 평화는 생각보다 우리에 대해 많은 것을 알고 있을지도 몰라."

한이 말했다.

"평화에게 무슨 말을 해줬어?"

서리가 안내 음성에게 물었다.

"평화는 분명 오뉴월에 남은 사람에 관해 물어봤었지. 내 기억으로 오뉴월에 남은 사람은 다섯 명 정도였다고 했어. 아이 셋을 포함해서. 여기 들어오면 사람이 조금 이상해져. 정신 차리지 않으면 입이 술술 불고 있다니까."

안내 음성이 말했다. 안내 음성이 말한 아이 셋은 서리와 한, 정지현을 가리켰다.

"세상에, 평화가 정지현에 대한 것도 알아?"

서리가 재차 물었다.

"정지현, 정지현."

안내 음성이 정지현의 이름을 여러 번 발음해보았다.

"정현희가 쪽방에서 몰래 키우던 아기를 말하는 거니? 정현희가 숨긴다고 용을 썼지만 나는 몰래 들어가서 다 봤거든."

안내 음성의 대답에 한이 머리를 부여잡았다.

"평화가 우리에 대해 이만큼이나 알고 있다면 더욱 대응하기 어려워질 거야. 어쩌면 우리가 한 거짓말을 전부 간파했을지도 몰라."

한이 불안해하자 서리는 어젯밤 꿨던 꿈이 다시 눈앞에 보이는 듯했다.

우주선 내부는 좁아서 마땅히 숨을 장소가 보이지 않았다. 서리가 안내 음성에게 숨을 곳을 찾아달라고 했다. 안내 음성이 이 우주선은 탑승한 사람 수를 표시하기 때문에 몰래 탑승하는 것은 불가능

하다고 했다. 안내 음성은 서리와 한의 이름을 물어
보더니, 연의 아이들이구나! 하고 말했다. 서리가
'나는 연이 키운 아이가 아니야'라고 말했지만, 안내
음성은 이를 무시했다. 안내 음성은 연과 함께 새벽
에 엘리베이터를 타던 날의 기억이 생생하다고 했
다. 엘리베이터를 타고 올라가자마자 그날 당직이 걸
어오는 소리가 들렸다. 연은 자신에게 함께 올라온
아이들을 데리고 가라며 어깨를 밀었고, 그 후로 다
시는 연의 얼굴을 보지 못했다.

　"잘 빠져나왔어야 할 텐데. 연은 그때 제복도 입
고 있었는걸."

　서리와 한은 아무런 대답을 하지 않았다.

　한은 평화가 우주선 안에 남기고 간 노트북을 발
견했다. 노트북에는 잠금이 걸려 있었다. 한이 안내
음성에게 잠금을 풀어줄 수는 없냐고 물었다. 안내
음성은 원래는 안 되는데 연의 아이니까 특별히 풀
어주겠다고 했다. 그러면서 평화에게는 비밀로 해달
라는 당부도 덧붙였다. 노트북 배경 화면에는 여러
가지 문서가 난잡하게 펼쳐져 있었다. 그중 한 문서
는 이번 오뉴월 착륙과 관련한 글이었다. 첫 번째와

두 번째 우주선 모두 옛날에 엘리베이터가 움직였던 궤적을 따라왔다. 엘리베이터 구멍을 착륙장으로 설정하였기 때문에 우주선이 구멍에 딱 맞게 내려올 수 있었던 것이었다.

"완벽한 항로를 알고 있었는데도 첫 번째 우주선은 왜 빗나간 거지?"

한이 의뭉스럽게 말했다.

"평화는 정말 정지현을 구하려고 온 건가?"

한은 다시 머리를 헝클어뜨렸다. 서리는 평화가 이 시대의 영웅이 되고 싶어 안달이 난 게 아닐까 하고 의심했다. 우선 정지현과도 의논해봐야겠어.

"평화를 어떻게든 따돌리자."

한이 말했다. 서리와 한은 우주선에 자신들이 남긴 흔적을 정리하고 문 열림 버튼을 눌렀다. 우주선 밖에는 키가 크고 머리를 아주 짧게 민 사람이 서 있었다. 그는 정지현의 휠체어를 멋대로 끌고 왔다. 정지현은 그의 손아귀에서 벗어나려고 안간힘을 썼으나, 휠체어 바퀴는 의미 없이 모래만 뱉어낼 뿐이었다.

"여기서 화로 조작 권한을 가진 사람이 누구지?"

평화는 정지현과 서리, 한을 나란히 우주선 안에 앉혔다. 아무도 쉽사리 손을 들지 못했다. 평화는 긴장할 필요가 없다며 너희에게는 아무런 해를 끼치지 않겠다고 약속했다. 그 증거로 셋 중 아무도 포박하거나 제압하지 않았다며 두 손을 들어 보였다. 정지현은 눈을 치켜뜨고 평화를 노려보았다.

"내 휠체어를 마음대로 만지고 끌고 왔잖아. 그게 나를 제압한 것과 뭐가 다르지?"

정지현이 말했다. 평화는 고개를 꺾어 거품이 터지는 듯한 소리를 냈다.

"내가 말하는 대로 따라줬으면 그럴 일 없었잖아. 나는 관리 시스템에서 화로를 끌 수 있는지 확인할 필요가 있다. 그런데 정지현에게는 권한이 없었지. 오히려 화를 내야 할 사람은 나야."

평화가 말했다.

"확인한 후에는 어떻게 할 건데?"

서리가 평화에게 물었다.

"화로를 끄는 게 우주선으로 격추하는 것보다 안전하다고 판단되면 그렇게 할 거고. 너희들은 일단 우주선으로 태워다주지. 너희 둘은 오뉴월인이니까 어떻게 될지 지켜봐야겠지만. 여기서 오뉴월과 함께 터져 죽는 것보단 낫겠지."

평화가 말했다.

"나한테 권한이 있어."

서리가 손을 번쩍 들고 말했다. 평화의 얼굴에 화색이 돌았다.

"너는 관리 시스템이 있는 곳까지 나를 따라와. 나머지는 우주선 안에서 대기한다."

평화가 말했다.

한은 평화의 말을 곧이곧대로 듣는 서리 때문에 머리가 아팠다.

"우리를 전부 데려가. 그러지 않으면 한 발자국도 안 움직일 거야."

정지현이 말했다. 평화는 너희들은 모이기만 하면 작당 모의를 한다며 거절했다.

"구하러 와줬더니 우주선에 몰래 숨어들어와서는, 믿을 수가 있어야지."

평화는 안내 음성에게 정지현과 한을 잘 지키고 있으라고 말했다. 안내 음성은 '어어, 그래.' 하고 말했다. 평화가 갑자기 말투가 변한 안내 음성이 이상한지 고개를 갸웃거렸다. 그러나 평화는 곧 서두르며 우주선에서 내렸고 서리에게 빨리 나오라고 재촉했다. 서리가 출입문으로 향하기 전에 정지현이 서리의 귀에 속닥거렸다.

"스피커 서리가 안 보였어."

서리는 고개를 끄덕였다.

평화는 이미 관리 시스템으로 가는 길을 알고 있음에도 서리를 앞장세웠다. 서리는 자신을 향해 늘어진 평화의 그림자 때문에 긴장을 놓칠 수 없었다.

"왜 별명을 평화로 지었어?"

서리는 불안을 눌러보고자 평화에게 말을 걸었다.

"말 그대로야. 난 평화를 사랑하지."

평화의 대답이 신발 속으로 들어오는 까끌까끌한 모래만큼 서리를 불편하게 만들었다.

"너는 지구에 와본 적이 없어서 모르겠지만, 오뉴월이 제 기능을 하고 있을 때는 아주 평화로웠거든."

평화가 말했다.

"전쟁이 끊이질 않았다고 들었는데."

서리가 평화에게 반박했다.

"내가 말하는 평화는 질서에 가까워. 지구는 전

쟁을 수행해주고, 오뉴월은 전쟁에서 빠지는 대신 그 밖에 잡다한 일을 맡아줬지. 난 지구와 오뉴월이 완벽하게 분리된 그때가 그립네."

평화가 말했다. 서리는 무슨 말을 해야 할지 몰라 가만히 걷기로 했다.

"나도 오뉴월에서 유년을 보냈지."

평화가 적막을 깨고 말했다. 평화는 엘리베이터가 부서지기 직전에 오뉴월에서 중학교를 졸업했다.

"내 기억 속의 오뉴월은 젖과 꿀이 흐르는 평화로운 장소였어."

"너를 길러준 사람도 기억해?"

서리가 물었다.

"당연하지. 고운 손에 고운 머리카락. 항상 분유 냄새가 나는 사람이었다. 나만큼 오뉴월을 그리워하고 사랑하는 사람이 없어. 변하지 않고 항상 그 자리에 있었다면 나도 오뉴월을 계속 사랑했을 텐데. 이게 전부 너희들 업보다."

평화가 말했다.

"우리를 지구로 데려다주는 거지?"

서리는 평화의 말을 듣다가 엄습하는 불안감에

물었다.

"그럼 당연하지."

평화가 대답했다. 어느새 평화와 서리는 모래 평
원을 건너 출입성 관리국에 도달했다.

관리 시스템으로 향하는 문은 여전히 녹이 심하
게 슬어 있었다. 그러나 조금 전 정지현이 문을 열었
던 탓인지 전보다는 수월하게 안으로 들어갈 수 있
었다. 방 안에는 불빛이 하나도 없었고, 싸늘한 공기
만 가라앉아 있었다. 정지현이 알려준 대로 스피커
서리는 보이지 않았다. 서리가 화면을 켜달라고 말
하자, 안내 음성 없이 불빛이 하나둘씩 들어오기 시
작했다.

"화로를 보여줘."

서리가 말했다. 화면에 오뉴월의 중심에서 불타
고 있는 화로의 모습이 나타났다. 바닥에서 시작된
불이 벽을 타고 두 갈래로 올라왔다. 더 타고 올라
갈 공간이 없자 불은 손깍지를 끼고 가운데로 쏟아
져 내렸다.

"여기서 화로를 조절할 수 있어."

서리는 화로의 온도를 1도씩 바꿔보았다. 또 서리는 자신이 화로의 전원을 끄거나 폭발시킬 수 있다는 사실을 보여주었다. 평화는 서리에게 화로와 관련된 여러 지표를 띄워달라고 말했다. 화로의 온도, 남은 자원, 예상 수명과 같은 숫자들이 화면을 가득 채웠다. 평화는 입속으로 중얼거리면서 숫자를 소화해나갔다. 평화는 화면에 집중하느라 굽혔던 허리를 폈다. 그러고는 갑자기 손뼉을 치기 시작했다.

"완벽해. 우주선으로 무식하게 박는 것보다 훨씬 효율적이야. 이제 화로의 전원을 끄기만 하면 돼."

평화가 말했다. 서리도 이제야 약간의 안도감을 느꼈다.

"지금 당장 준비할게."

서리가 목소리를 이용해서 관리 시스템을 움직이려고 했다.

"그럴 필요 없어."

평화가 말했다. 그리고 서리를 벽으로 밀쳤다. 서리는 갑자기 등에 가해진 충격에 정신을 차리지 못했다. 분명 부딪힌 건 등이었는데 뒷골까지 울렸다.

평화가 서리에게 가까이 다가왔다.

"개수작이 눈에 보이는데도 굳이 오뉴월까지 날아온 이유가 있지."

평화가 말했다.

"너희가 오뉴월을 진짜로 없애면 안 되거든. 사람들이 오뉴월을 쉽게 없앨 수 있다고 믿는 건 더더욱 안 되지."

서리는 갑자기 변한 평화의 태도가 이해되지 않았다.

"우리가 화로에 대해서 몰랐을 것 같나? 아니지. 우리가 조립했고, 우리가 운영했으며, 우리가 없앨 오뉴월인데…. 오뉴월은 아직은 골칫거리여야 해."

평화가 서리의 어깨를 세게 잡아 왔고, 서리는 아파서 억눌린 신음이 나왔다. 서리는 가장이 했던 말을 기억했다. '지구가 가장 혼란할 때 평화가 나타났다.' 평화는 아직도 사람들의 눈을 돌릴 곳이 필요했던 모양이었다.

"너희가 아무리 오뉴월로 지구의 문제를 덮으려 해도 소용없어. 언젠가 오뉴월과 지구는 충돌해. 그걸 그냥 두고 보겠다고? 너희의 방식은 지구인들에게도 해가 될 뿐이야."

서리가 말했다.

"그건 그때 가서 생각하면 돼. 진짜로 위험해지기 전까지는 우주선이나 가끔 날리면서 오뉴월 옆구리를 긁어줄 거야."

평화는 자기 손을 서리의 어깨에서 목으로 움직였다.

"네가 살 수 있는 방법에 대해 알려주지. 권한을 내게 넘겨."

평화가 서리에게 제안했다. 서리는 고개를 세차게 저었다.

"오뉴월을 없앨지 말지 정하는 건 우리야."

서리가 말했다. 평화는 서리의 목을 잡은 손에 힘을 주기 시작했다.

"이 개자식아!"

갑자기 화면에서 높게 찢어지는 비명이 들렸다. 방 안의 불빛이 빠르게 번쩍거렸다. 평화가 깜짝 놀라서 서리의 목을 놓쳤다. 스피커 서리가 입을 크게 벌리며 화면 저편에서 달려왔다. 스피커 서리의 어금니와 목젖까지 훤히 보였으며, 입 주변의 근육이 한계까지 벌어졌다. 스피커 서리 주변에는 시커멓게 잡신호가 생겨서 몸집이 훨씬 커 보였다. 평화가 서리의 목을 놓친 사이에 서리는 평화의 팔 밑을 통과해서 빠져나왔다. 평화가 서리의 머리카락을 잡았지만 서리는 머리카락이 한 움큼 빠지든 말든 문으로 달렸다. 서리가 문에 가까이 다가가니 문이 자동으로 활짝 열렸다. 서리가 문밖으로 나가자, 평화의 팔이 문틈으로 서리를 따라왔다. 평화의 몸이 밖으로 채 나오기 전에 녹슨 문이 거센 바람 소리를 내면서 쾅 닫혔다. 문틈에 팔이 낀 평화가 비명을 질렀다.

한과 정지현은 우주선에 남아 평화의 노트북을 계속해서 뒤지고 있었다. 한은 평화의 메신저 기록을 살펴보았다.

[정지현이 정말 오뉴월을 소멸시킬 수 있다고 생각하나?]

상대방이 평화에게 물었다. 평화는 정현희가 정말로 권한을 넘겨주었다면 가능하다고 보았다.

[하지만, 오뉴월을 지금 없애는 것은 시기상조다.]

상대가 말했다. 이어서 평화에게 화로 조작 권한

을 가져오라고 명령했다.

[남은 오뉴월인이나 정지현은 어떻게 처리합니까?]

평화가 묻자, 상대방은 평화의 판단에 맡긴다며 말을 끝맺었다.

"서리를 죽일 수도 있다는 얘기야?"

정지현이 걱정스러운 목소리로 말했다.

"당장 가야겠어."

한이 자리에서 벌떡 일어나 우주선 출입구로 향했다. 그러나 출입문은 굳게 닫힌 채였다. 한은 안내 음성에게 빨리 문을 열어달라고 소리쳤다.

"노트북도 겨우겨우 열어준 거야. 너희를 우주선에서 풀어주기까지 했다간 평화가 나를 삭제할지도 몰라."

안내 음성이 기어들어 가는 목소리로 말했다.

"평화는 우리가 어떻게든 할게. 가서 서리를 도와 줘야 해."

정지현이 말했다. 그럼에도 안내 음성이 망설이는 기색을 보이자, 한이 연의 얘기를 꺼냈다.

"연은 네가 문을 열길 바랄 거야. 연도 용기를 내서 아이들과 지구로 향했으니까. 우리에겐 그런 용기가 있어."

한이 말했다.

"오늘따라 연이 너무 그리워."

안내 음성이 말했다.

"우리도 그만큼 서리를 보고 싶어."

정지현이 말했다. 우주선의 문이 천천히 열리면서 건조하고 따뜻한 바람이 불어왔다. 정지현과 한이 차례대로 우주선에서 내렸다.

"하나만 부탁할게."

안내 음성이 멀어지는 둘에게 말했다. 정지현과 한이 잠깐 멈춰 서서 뒤를 돌아보았다.

"연의 아이들을 데려와줘. 연은 엘리베이터로 올라가는 와중에도 그 애들을 보고 싶어 했어."

한은 연의 아이들이 서리 말고도 누구를 지칭하는지 알 수 없었다. 그러나 한은 더는 묻지 않고 출입성 관리국을 향해 뛰었다. 정지현도 두꺼운 바퀴로 모래 둔덕을 오르락내리락하며 달렸다.

서리는 평화의 비명이 잠잠해질 때까지 문밖에서 기다렸다. 문틈으로 조금 삐져나온 평화의 팔은 처음에 새빨갛게 달아올랐다가 이제는 시퍼런 색으로 변했다.

'이대로 평화가 쓰러질 때까지 오래도록 버티면 이기는 거야.'

서리는 생각했다. 그때 문 저편에서 총성이 들렸다. 평화는 녹슨 문 경첩에 총을 몇 발 갈기더니 문을 들이박았다. 녹슨 문이 점점 기울어졌다. 서리는 사색이 되어 문에서 멀리 떨어졌다. 때마침 한과 정지현도 서리에게 도착했다. 서리는 모래 평원으로 달려가려다가 평화가 총을 들고 있다는 사실을 기억했다.

"몸을 숨길 곳이 필요해."

서리는 둘을 이끌고 출입성 관리국 1층으로 들어갔다. 서리의 뒤로 문짝이 완전히 나가떨어지는 소리가 들렸다.

"총을 가지고 있었어."

서리가 한과 정지현에게 말했다. 정지현은 서리가 다친 곳이 없는지 눈으로 살폈다.

"평화는 애초에 우리와 협상할 생각이 없었어. 오뉴월도, 지구도 구하고 싶지 않은 거야."

서리가 거친 숨을 쉬었다.

"총을 든 상대와 어떻게 싸우지?"

한이 떨리는 목소리로 말했다.

"할 수 있어. 여기는 우리가 잘 아는 곳이잖아."

정지현이 말했다. 그때 출입성 관리국 안에 있는 모든 전자 기기들이 한꺼번에 소리를 냈다.

"네? 잘 못 들었어요."

출입성 관리국이 소음으로 가득 찼다. 소음이 벽에 반사되어 윙윙거리는 메아리를 만들었다. 정지현과 한이 깜짝 놀라 두리번거렸다.

"스피커 서리야."

서리가 말했다.

"스피커 서리가 우리를 도와줄 거야."

평화는 한참 동안 문틈에 끼어 있던 팔을 주물러 보았다. 철문 자국이 난 팔이 퉁퉁 붓기 시작했으나 평화는 크게 개의치 않았다. 모래 평원을 아무리 둘러봐도 사람의 그림자도 눈에 띄지 않았다. 평화는 출입성 관리국 쪽으로 시선을 돌렸다. 그러더니 성한 쪽 손으로 총을 쥐고, 어깨로 1층 출입문을 밀었다. 출입성 관리국 내부는 아주 고요했다.

"여기 있는 거 다 알아!"

평화가 소리쳤으나 돌아오는 것은 메아리뿐이었다. 그러자 평화는 뒷주머니에 꽂아둔 핸드폰을 향해 말을 걸었다.

"야, 우주선과 연결해."

핸드폰이 대답했다.

"네? 잘 못 들었어요."

"우주선과 연결하라고, 멍청아!"

평화는 왈칵 화를 내었다. 그래도 핸드폰이 말귀를 못 알아듣자 평화는 핸드폰과 말씨름하기를 포기했다. 돌연 핸드폰이 '우주선과 연결합니다.' 하는 알림을 울렸다. 이어 우주선의 안내 음성이 전화를 받았다.

"어어, 여보세요?"

"30분 후에 이륙할 거니까 준비해둬."

평화가 안내 음성에게 말했다.

"이륙? 이륙 못 할걸."

안내 음성이 말했다.

"뭐라고?"

평화가 서리를 찾는 걸음을 멈추고 안내 음성에게 되물었다.

"넌 우리가 허락할 때까지 여기서 못 나가."

안내 음성이 부러 스산한 목소리로 말하다가 통화를 종료했다.

평화가 뭐라 말하기도 전에 무언가에 걸려 넘어졌다. 동그랗고 하얀 로봇 청소기였다.

"이게 왜 여기 있지? 분명 아까까지는 없었는데."

평화가 얼빠진 목소리로 말했다.

"청소를 시작합니다."

로봇 청소기에서 음성이 흘러나왔다. 평화가 로봇 청소기를 발로 걷어찼다.

"아침이 되었습니다. 상쾌한 하루를 시작하세요."

어디서 나오는지 모를 목소리와 함께 출입성 관리국 안 조명이 하나도 남김없이 켜졌다.

"밤이 되었습니다. 좋은 꿈 꾸세요."

그러다가 한 번에 꺼졌다.

"환기를 시작합니다."

창문과 커튼도 열렸다 닫히길 반복했다. 안내 음성으로 출입성 관리국이 가득 찼다. 평화는 들어 왔던 문으로 일단 밖에 나가려고 했으나 손잡이가 단단히 잠겨 있었다. 입성 심사대에 설치된 모니터에서는 스피커 서리의 기억이 재생되었다. 등장인물의 얼굴이 전부 뭉개져 알아볼 수가 없는 영상이었다. 기억 속에서 사람들이 나누는 대화도 잡음으로 덮여 기괴한 소리만 남았다.

"문제가 있으신가요?"

안내 로봇이 경사로를 돌돌 굴러왔다. 그러고는 갑자기 속도를 올려 평화에게 돌진했다. 납작한 로봇 청소기가 안내 로봇이 달려오는 길에 섰다. 안내 로봇은 청소기에 걸렸고, 속도를 이기지 못해 공중으로 떴다. 평화는 날아오는 기계를 아슬아슬하게 피했다. 또다시 달려드는 기계에 쫓기다가 평화는 우연히 심문실로 들어갔다.

심문실에는 하얗고 매끈한 유전자 검사 기계가 있었다. 평화가 유전자 검사 기계를 주먹으로 쾅쾅 내리치자, 기계가 반으로 열렸다. 정현희의 모습이 모니터에 떴다.

"안녕하세요, 출입성 관리국 국장, 정현희입니다."

모니터 속에서 정현희가 말했다. 정현희는 유전

자 검사 기계를 망설임 없는 손짓으로 다루며 설명하기 시작했다. 평화는 정현희의 얼굴을 보고 오히려 안도했다. 정현희의 사진을 올리고 합성하는 것이 커뮤니티에서 놀이처럼 번졌다. 평화는 장난감처럼 갖고 놀던 얼굴을 여기에서 보니 헛웃음이 났다. 그때 기계를 만지작거리던 정현희의 손에서 손톱이 빠른 속도로 자랐다. 온몸에서 회색 털이 부숭부숭하게 자라나기도 했다. 놀란 평화가 심문실 안을 둘러보았다.

"무슨 수작이야!"

평화가 악을 썼다. 그리고 다시 화면을 바라보았다. 박쥐 인간이 평화를 응시하고 있었다. 가닥가닥 난 속눈썹 사이로 흰자위가 없는 눈동자가 보였다. 기계에 관해 설명도 하지 않은 채로 박쥐 인간은 그저 평화를 바라보았다. 평화는 문득 머리털이 쭈뼛 서는 기분을 느꼈다. 유전자 검사 기계가 종이를 뱉어내기 시작했다. 인쇄기에서 나온 종이에는 어그레스 음성이라는 글씨가 빨간색으로 쓰여 있었다. 끊임없이 출력되는 종이가 바닥을 가득 채울 정도였다. 심문실 문밖에서 쾅쾅 두드리는 소리가 났다.

"청소를 시작합니다. 환기를 시작합니다. 혹시 문제가 있으면 저에게 도움을 요청하세요."

수십 대의 기계가 심문실 안으로 쏟아져 들어왔다. 나갈 수 있는 유일한 문이 기계 더미에 막혔다. 평화는 총을 몇 발 쏴서 기계 몇 대가 다가오는 걸 막았다. 평화는 다시 뒷주머니에 꽂힌 핸드폰에 말을 걸기 시작했다.

"야, 출구, 출구 좀 찾아봐!"

"안내를 시작합니다."

핸드폰에서 음성이 흘러나왔다.

"넌 우리가 허락하기 전까지 여기서 못 나가."

평화가 우주선과 통화를 연결하지도 않았는데 아까와 똑같은 음성이 흘러나왔다.

"안내를 종료합니다."

핸드폰이 말함과 동시에 평화가 기계 더미에 달려들었다.

"준비 다 됐지?"

정지현이 한과 서리를 돌아보며 말했다. 서리가

고개를 끄덕였다. 한이 밑층에서 소음이 들린다고
말했다.

"그러게. 스피커 서리가 내는 소리일까."

서리가 속삭이며 말했다. 정지현이 휠체어의 바
퀴와 배터리를 점검했다. 정지현은 정현희의 방에
서 휠체어 부품을 여러 개 찾았다. 그중에서 탈부
착이 가능한 감속기를 모터에 달았다.

"이게 모터 출력을 높여줄 거야."

정지현이 말했다. 총성이 점점 가까워졌다. 서리
는 이제 정해둔 위치에 숨자고 말했다. 한은 정현희
의 책상 밑으로 들어갔고, 서리는 세로로 세워둔
스피커 제작기 뒤에 숨었다. 정지현은 복도로 나가
며 정현희의 방문을 닫았다. 약간의 시간이 흐르고
방 밖에서 평화의 다급한 발소리가 들렸다.

"여기에 있는 거 다 알아!"

평화가 괴성을 지르며 문을 발로 뻥 찼다. 서리
와 한은 할 수 있는 만큼 숨을 죽였다.

평화는 국장실의 문을 발로 차서 열었다. 생각보
다 방이 아담해서 사람이 숨을 공간이 많지 않았
다. 오른쪽에는 용도를 알 수 없는 기계가 세로로

세워져 있었다. 평화는 기계를 보자마자 반사적으로 긴장했다. 또다시 기계가 멋대로 봐 움직일까 지켜보았지만, 그 기계는 오작동하지 않는 모양이었다. 평화는 다시 방 안을 살펴보았다. 평화는 희미하게 들리는 숨소리에 서리가 이 방 안에 있음을 짐작했다.

"그래 봤자 어린애지."

평화는 음흉하게 웃으며 방 안으로 조심스레 한 발자국을 내디뎠다. 평화의 뒤에서 모터 소리가 울려 퍼졌다.

"이 청소기 새끼가!"

평화는 바닥을 향해 총을 쏘았다. 총알은 복도를 달려오던 정지현의 휠체어 바퀴에 맞았다.

정지현이 최고 속도로 평화에게 달려가던 와중 휠체어의 바퀴가 터져버렸다. 휠체어와 함께 정지현의 몸이 공중에 붕 떴다. 정지현은 그대로 자기 몸을 평화에 날렸다. 평화는 정지현과 바닥에서 뒹굴었다. 출력을 높인 휠체어 모터에서 이상한 소리가 났다. 휠체어가 제어를 잃고 방을 지그재그로 주파하기 시작했다. 책상 밑에 숨어 있던 한이 바로 달

려 나와 평화가 쥐고 있던 총을 발로 차서 멀리 떨어뜨렸다. 평화는 다친 팔을 부여잡고 바닥에서 괴로워했다. 평화는 곧 벌떡 일어나 다른 쪽 팔로 한의 목덜미를 낚아챘다. 그러고는 한을 멀리 던져버렸는데, 날아가기 직전에 한이 평화의 머리카락을 잡았다. 평화의 머리카락을 한 움큼 쥐고 한은 바닥에 내동댕이쳐졌다. 동시에 평화는 휘청거리며 앞으로 몇 보 움직였다. 세로로 세워진 스피커 제작기 뒤에서 서리가 뛰쳐나왔다. 평화가 솥뚜껑 같은 손으로 서리의 머리를 후려쳤다. 서리가 바닥에 나동그라졌다. 그러면서도 평화의 왼쪽 발목을 붙잡았다. 평화는 바닥에 납작 엎드린 서리를 밟기 위해 반대쪽 다리를 들어 올렸다. 평화가 다리를 내리찍으려는 순간에 한이 그 다리를 붙잡았다. 평화가 들어 올린 다리를 털어내며 한을 떨어뜨리려고 했다. 정신없이 폭주하던 휠체어가 날아올라 평화의 뒤를 덮쳤다. 평화가 휘청거렸다. 그때를 놓치지 않고 서리는 바닥에서 일어나 온 힘을 다해 평화를 밀쳤다. 평화가 기계 속으로 들어가면서 기계가 바닥으로 쓰러졌다. 서리는 유리 뚜껑을 닫고 그 위로 올라탔다. 평화가 서리의 밑에서 유리 뚜껑을 발로 쾅쾅 찼다. 평화가 발을 올릴 때마다 서리의 몸도 함께 덜컹거렸다.

"너희는 대체 뭐가 문제야!"

악에 받친 평화의 눈과 서리의 눈이 마주쳤다.

"태어난 대로 살면 좋잖아. 우리는 지구에, 너희는 여기에! 그게 그렇게 힘들어서 이 사달을 내!"

평화가 소리쳤다.

"네가 뭐라 해도 우리는 지구에 가. 넌 그걸 막을 수 없어."

서리의 목소리가 쿵쿵 울리는 진동 때문에 떨렸다.

"지구에 한번 와봐야 너희가 정신을 차리지. 오뉴월에 있을 때가 좋은 시절이었다며 질질 짤 텐데."

평화는 비웃음을 흘리며 말했다.

"그것마저도 내가 선택한 일이야."

서리가 두 손으로 유리 뚜껑을 내리쳤다. 평화는 반사적으로 눈을 감았다. 한이 기계와 연결된 조작 패드를 만지자 기계 안에 희뿌연 연기가 가득 찼다. 연기가 평화의 코로 들어갔다가 입으로 나가는 흐름이 보였다. 평화의 손끝이 구부러지고, 제멋대로 놀리던 발에서 힘이 빠졌다. 평화의 구겨진 미간까지 넓게 펴졌을 즈음에야 서리는 유리 뚜껑에서 내려왔다. 한도 버튼을 누르던 손을 거두고 정지현에게 다가갔다.

정지현은 바닥에 대자로 누워 숨을 고르고 있었다. 그러다가 두 명의 그림자가 다가오자 눈을 치켜떴다. 서리와 한의 얼굴을 확인하고는 웃었다. 정지현은 어디에 잘못 부딪혔는지 머리에서 피를 흘리고 있었다. 서리가 걱정되어 정지현의 머리를 붙잡고 자세히 살펴보았다. 정지현도 자기 이마를 짚어보고는 피로 흥건한 손에 매우 놀랐다. 한이 가방에 챙겨온 구급상자에서 헝겊을 꺼내 정지현의 이마를 감쌌다. 처치를 완벽하게 끝내기도 전에 정지현은 한과 서리를 끌어안았다.

셋이 이렇게 부둥켜안을 때면 서리는 고깔해파리가 생각났다. 고깔해파리는 푸른 돛 같은 머리에 맨드라미처럼 꼬불꼬불한 촉수를 가졌다. 사실 고깔해파리는 애벌레 같은 폴립이 여러 마리 붙어서 만들어진 단체이기 때문에 해파리는 아니다. 세 명이 머리를 맞대고 붙어 있으면 클로버의 이파리처럼 세 방향으로 다리가 자란다. 서리의 다리는 분홍색 갈기가 달린 촉수가 되고, 한의 다리는 머리카락처럼 미세하게 갈라지는 촉수가 된다. 정지현은 물을 머금고 부풀어서 찔러도 터지지 않는 머리가 된다. 셋은 파도가 오는 방향으로 빙글빙글 돌아 부유한다. 언제 떨어져서 살았냐는 듯이 촉수를 휘젓고 머리를 물 밖으로 내밀며 간다.

"평화를 스피커로 만들래?"

한이 서리에게 물었다. 지금은 연기로 평화를 재워두기만 했고 평화를 스피커에 담지는 않았다.

"저 덩치가 손바닥만 하게 줄어들면 우리가 편하기는 해."

정지현이 말했다. 서리는 고민하다가 힘들더라도 평화를 지구까지 끌고 가자고 말했다. 지구에 내릴 때 도움이 될지도 모른다는 이유에서였다.

"어쩌면 지구인들과 협상할 때 평화가 필요할지도 몰라."

서리가 말했다.

"그럼 중간에 일어나지 못하도록 묶어두자."

한이 가방에서 테이프를 꺼내며 말했다. 정지현과 한이 우주선까지 어떻게 가야 할지를 의논했다. 정지현은 모터에 끼워 넣었던 부품을 다시 빼냈다. 우선 휠체어의 바퀴를 새것으로 바꿔 끼워야 했다. 정지현과 한은 출입성 관리국에 멀쩡한 바퀴가 있는지 찾아본 후에 평화를 우주선까지 끌고 가기로 했다.

"나는 스피커 서리를 만나고 올게."

서리가 말했다.

스피커 서리는 화면 가운데에 등을 지고 앉아 있었다. 자신의 의지와 상관없이 재생되는 기억을 뚫어져라 보는 중이었다. 스피커 서리의 기억은 산산이 조각나서 여러 기계로 나뉘어 들어갔다. 봄날 잔디밭에 강과 누워서 햇볕을 쬔 기억은 로봇 청소기로, 정현희와 드잡이를 했던 기억은 유전자 검사기로, 연이 머리를 쓰다듬어준 기억은 공기 청정기로. 모든 기계를 한 번에 다루며 스피커 서리는 과거와 현재에 동시에 존재하는 기분을 느꼈다. 손가락도 까딱하기 힘든 탈진이었다. 스피커 서리는 머리부터 발끝까지 하얗게 셌다. 어쩌면 엘리베이터가 부서진 그 순간부터 스피커 서리는 천천히 식어갔는지도 모른다. 서리가 녹슨 문을 힘겹게 열고 방 안으로 들어왔다.

"너를 데리러 왔어."

서리가 스피커 서리에게 말했다.

"어디로 가게."

스피커 서리가 돌아보지 않고 말했다.

"우리는 지구로 갈 거야. 네가 보낸 오뉴월인들도 지구에서 살고 있대."

서리가 말했다.

"나는 이제 오뉴월에도, 지구에도 갈 수 없어."

스피커 서리가 차가운 목소리로 말했다.

"겁이 나는 모양이지?"

서리는 일부러 스피커 서리의 화를 돋우려고 했다. 그러나 서리의 예상과 다르게 스피커 서리는 짜증을 내지 않았다.

"그래. 그렇게 많은 사람을 지구로 보냈는데도. 나는 지구에서 산다는 게 어떤 의미인지 몰랐다."

스피커 서리가 읊조렸다.

"나는 이제 화로를 끌 거야. 오뉴월은 천천히 차가워지다가 콩알만큼 줄어들어. 너 혼자 식어가는 건 너무 외로운 일이야."

서리가 다급하게 말했다.

"새삼스럽게 무섭지도 않지. 나는 스피커에 갇힌 순간부터 죽은 것이나 다름이 없으니까. 살아서는 오뉴월에, 죽어서는 스피커에."

스피커 서리가 보고 있는 영상에서 연이 오뉴월의 지평선 아래로 사라지고 있었다. 곧이어 유리 엘리베이터가 산산이 조각나면서 반짝이는 유릿가루를 흩뿌렸다.

"죽을 때까지 내가 원하는 세상을 만나지 못한다는 건 정말 거지 같아."

스피커 서리가 두 무릎에 머리를 파묻었다.

"연이 무사히 지구에 갔다면 달라졌을까?"

서리가 스피커 서리에게 다시 한번 물었다.

"내가 단 한 가지 후회하는 일은 연을 온 힘을 다해서 사랑하지 못한 거야."

스피커 서리가 말했다. 영상에서 지평선 너머로 사라졌던 연의 둥근 발꿈치가 다시 올라왔다. 연은 떨어졌던 궤적 그대로 지구를 향해 떠오르기 시작했다. 연이 힘없이 떨어뜨린 손을 스피커 서리에게 흔들었다. 연은 느리게 멀어지다가 검은 점이 되어 시야에서 사라졌다.

"어그레스가 평생 우리를 따라다닐 거야."

"나는 그 유전자 쪼가리 때문에 내가 하는 모든 사랑과 결정에 의심을 품었다."

스피커 서리가 말했다. 서리도 비슷한 감정을 느껴본 적이 있어 고개를 끄덕였다.

"지구에 가면 어그레스가 더 크게 느껴지겠지. 매번 의심에 휩싸이고, 매번 나를 증명해야 할 거야. 그래도 어그레스가 나의 전부는 아니야. 언젠가는 내가 오뉴월인이라는 사실을 잊어버리는 날이 올 거야."

서리가 말했다. 서리는 화면에 화로를 조절하는 창을 띄웠다. 그리고 화로의 작동을 중지했다. 화로의 온도가 떨어지면서 오뉴월에 있는 모든 기계가 절전 상태에 들어갔다. 관리 시스템이 있는 방의 조도도 낮아졌다. 서리는 녹슨 문을 열고 나가기 전에 스피커 서리를 돌아보았다.

"네 이름이 뭐야?"

서리가 스피커 서리에게 물었다.

"연은 나를 빛이라 불렀어."

빛이 대답했다.

평화는 온몸이 모래 범벅이 되어 우주선 구석에 박혀 있었다. 정지현이 평화의 왼쪽 팔을, 한이 오른쪽 팔을 잡고 모래 평원을 끌고 왔기 때문이었다. 한이 평화를 우주선 구석에 밀어두는 와중에 서리가 우주선의 문을 열었다. 한과 정지현은 서리가 손에 스피커 몸체를 들고 왔는지 확인했다. 서리의 손은 비어 있었다. 둘은 아무 말 하지 않고 서리를 우주선 안으로 들어올 수 있도록 했다. 우주선의 안내 음성은 서리를 발견하자마자 크게 신난 듯했다.

"네가 서리구나. 어릴 때와 얼굴이 똑같아. 그런데 혹시 한 사람 더 있지 않니?"

안내 음성이 물었다.

"빛은 지구로 가고 싶지 않대."

서리가 말했다.

"대체 왜? 그 애는 평생 오뉴월을 나가는 게 꿈이

었어."

안내 음성이 말했다.

"지구도 빛이 원하는 세상이 아니었나 봐."

서리가 고개를 들지 못하며 말했다. 안내 음성은 목이 메는지 큼큼거렸다.

"헤어지기 전에 뭐라 해?"

안내 음성이 관심 없는 척 빛에 관해 물었다.

"연을 온 힘을 다해서 사랑하지 못해 후회한대."

서리가 대답했다.

"그 애는 정말 달라진 게 없어."

안내 음성이 혼잣말로 중얼거렸다.

"이제 우리는 가야 해."

한이 말했다. 서리와 정지현이 고개를 끄덕였다.

안내 음성이 우주선의 이륙을 준비했다.

"자, 이제 사람이든 물건이든 단단히 딱 고정해야 한다!"

안내 음성이 짐짓 활기차게 말했다. 한은 테이프를 완전히 다 써가면서 평화를 둘둘 말았다. 정지현은 바닥을 살피며 휠체어 고정 장치가 있는지 확인했다. 하지만 우주선 안에는 휠체어를 위한 시설이

하나도 없었다. 서리는 굴러다니는 평화의 옷을 집었다. 휠체어 바큇살 사이로 옷을 통과시켜 우주선 좌석과 묶었다. 또 같은 방법으로 정지현의 허리를 휠체어에 단단히 고정했다. 한과 서리는 정지현을 사이에 두고 좌석에 앉았다. 셋은 서로의 손을 꼭 붙잡았다.

엄청난 진동이 우주선 전체에 퍼졌다.

"입을 꼭 다물어, 혀 씹겠다!"

한이 말했다. 서리는 한에게 너나 조심하라고 말하고 싶었으나 정말로 혀를 씹을까 봐 그러지 못했다. 제대로 고정되지 않은 휠체어가 이리저리 요동쳤다. 서리는 정지현의 손을 잡고 아래로 내렸다. 자신의 몸무게로라도 휠체어를 잡아보려 했다. 흘깃 보니 한도 똑같은 자세를 하고 있었다. 이윽고 오뉴월이 서리를 잡아당기는 힘이 세졌다. 서리는 혼자 영원한 시간을 보낼 빛이 걱정되었다. 또 이제 다시는 볼 수 없는 학교와 수영장이 그리워졌다. 오뉴월이 갈퀴 같은 손으로 서리의 갈비뼈를 짓눌렀다. 서리는 숨을 잘 쉴 수 없어 시야가 흐릿해졌다. 서리가 정신을 잃기 직전에, 오뉴월은 손에서 힘을 빼서 서

리를 놓아주었다. 오뉴월은 서리의 등을 살짝 밀었
다. 그 힘은 서리를 수면 위로 올려보내 주는 그것
과 똑같았다.

"이제 벨트를 풀어도 돼."

안내 음성이 말했다. 정지현은 어느새 어설프게
매어둔 옷을 전부 풀어헤치고는 서리에게 손을 내
밀었다. 정지현은 한 손으로는 우주선의 좌석을 잡
고 다른 한 손으로는 서리를 잡았다. 그러고는 정지
현이 서리를 있는 힘껏 내던졌다. 서리는 공중에서
두 바퀴 정도 돌았다. 정지현이 깔깔 웃었다.

'홍해파리는 갓을 뒤집어서 한 점으로 응축된대.'

어느 날의 서리가 말했다. 너울거리는 갓은 마술
사의 베일처럼 그 안에 있는 것을 감쌌다. 그리고
베일의 아래로 작은 폴립이 톡 떨어졌다. 오뉴월도
폴립이 된다. 오뉴월은 자신을 감싸고 있는 우주 공
간을 휘어 모습을 감출 것이다. 차갑고 하얀 한 점
으로 작아진 오뉴월은 홍해파리의 폴립 같았다.

"밖을 한번 봐라."

우주선의 안내 음성이 말했다. 서리와 한과 정지

현이 창문으로 고개를 내밀었다. 파란 지구가 너무나도 가까워 한눈에 담을 수 없었다. 서리가 말했다.

"얘들아, 나는 그 어느 때보다도 지구가 또렷이 보여."

〈끝〉

작가의 말

　저는 요즘 새로운 환경에 적응하며 활기찬 나날을 보내고 있습니다. 완전한 타지에서는 저도 새로운 사람이 되리라 기대했습니다. 그러나 저는 항상 저였고, 이곳도 똑같은 사람이 사는 곳이었습니다. 좋은 의미로도, 다른 의미로도요.

　우리가 사는 행성이 제가 바라는 모습은 아니었습니다. 그래서 항상 어디론가 훌쩍 떠나버리고 싶었습니다. 그 마음은 1할의 결벽과 9할의 자기방임으로 이루어져 있습니다. 나는 여기에 속하지 않는다는 오만함과 보기 싫은 것을 보지 않는 회피일 수도 있겠습니다. 제 발은 지면에서 둥둥 뜨기 시작했습니다. 그럼에도 불구하고 제가 이 행성에서 계속 살아가는 이유는 중력을 가진 사람들이 있기 때문입니다.

제 발이 땅을 제대로 디딜 수 있게 도와주는 많은 분께 감사합니다. 이번 글은 사랑하는 가족과 친구들을 생각하며 썼습니다. 재밌게 읽어주셨으면 좋겠습니다. 또 이야기를 완성할 수 있게 많은 도움을 주신 아작 편집자님들께도 정말 감사드립니다.

2024년
정도겸

dot. 10

오뉴월에도 빛이
내리고

초판 1쇄 발행 2024년 4월 11일

지은이   정도겸
펴낸이   박은주
디자인   김선예, 이수정
마케팅   박동준

발행처   (주) 아작
등록   2015년 9월 9일 (제2023-000057호)
주소   07236 서울특별시 영등포구 의사당대로 38 102동 1309호
전화   02.324.3945-6   **팩스** 02.324.3947
이메일   arzaklivres@gmail.com
홈페이지   www.arzak.co.kr

ISBN   979-11-6668-810-2 04840
              979-11-6668-800-3 04840 (세트)